하렘 로맨스

미궁전에 유괴된 신부

하렘 로맨스~미궁전에 유괴된 신부~

초판 1쇄 찍은 날 | 2015년 1월 1일
초판 1쇄 펴낸 날 | 2015년 1월 10일

지은이 | 시미즈 미나토
그린이 | 아마노 치기리
옮긴이 | 조민경
펴낸이 | 예경원

편집책임 | 박우진
편집 | 오아현

펴낸곳 | 예원북스
등록번호 | 제396-2012-000132호
등록일자 | 2012. 7. 25
YRN | 제5-0009호

주소 | 경기도 고양시 일산동구 무궁화로 8-28 삼성메르헨하우스 712호 (우) 410-837
전화 | 031-819-9431 팩스 | 031-817-9432
http://blog.naver.com/ainandfin
E-mail | ainandfin@naver.com

ISBN 979-11-5630-644-3 03830

※ 이 도서의 국립중앙도서관 출판시도서목록(CIP)은 서지정보유통지원시스템 홈페이지(http://seoji.nl.go.kr)와 국가자료공동목록시스템(http://www.nl.go.kr/kolisnet)에서 이용하실 수 있습니다.

하렘 로맨스
미궁전에 유괴된 신부
시미즈 미나토 글
아마노 치기리 그림
조민경 옮김

※ 이 이야기는 픽션으로, 이야기에 등장하는 인물 · 단체 · 사건은 현실과는 무관합니다.

엘레인 해밀턴
영국의 몰락한 귀족의 딸.
가정교사로서 인도에 가던 중
아랍의 마을에 들렀다.
아슈라프 아즈할
샤미아프
사막의 나라 샤미아프의 왕.
남몰래 들른 바자르에서
엘레인과 만난다

등장인물 소개
하렘 로맨스
미궁전에 유괴된 신부

1장

"엄청 큰 바자르(시장)구나……."

엘레인은 곤혹스러워하며 주위를 둘러보았다.

동서양을 아우르는 거리 위의 거대한 바자르에서는 다양하고 잡다한 물건이 판매되고 있었다. 낯선 언어가 어지러이 날아다니고, 많은 사람과 물건으로 북적였다. 소리와 냄새, 그리고 힘차게 외치는 상인과 손님의 목소리.

차갑고 고요한 나라에서 온 엘레인은 그곳의 열기와 떠들썩함에 압도되었다. 게다가 미로 같은 통로가 복잡하게 얽힌 바자르 한가운데서 길을 잃는 바람에, 인파에 치여 전진하고 있었다.

"이럴 줄 알았으면 들어오지 말 걸 그랬어."

급행 침대열차를 타고 유럽 대륙을 횡단한 뒤 이 마을에 도착했다. 여기서부터는 배를 타고 해협을 건너, 반대편 기슭에서 출발하는 남행 기차로 갈아탈 예정이다.

하지만 역을 나선 순간부터 보이던 바자르의 활기와 화려함에 눈을 빼앗겼다. 배가 출발하기까지는 다소 시간이 있었기 때문에 잠깐 바자르에 들어와 가게를 둘러보던 중에, 항구로 돌아갈 길을 잃고 만 것이다.

"대체 어떻게 해야 원래 있던 곳으로 돌아갈 수 있는 거야?"

곤혹스러운 엘레인은 통로가 복잡하게 뒤얽힌 바자르 안을 헤맨다. 한곳에 멈춰 서서 생각해 보고 싶지만 많은 인파 때문에 쉽게 멈출 수가 없다.

이윽고 엘레인은 어딘가로 더욱더 깊숙이 밀려 들어가 어디까지 들어왔는지도 모르게 되었다.

"이제 그만 배를 타고 건너편으로 가고 싶은데……."

아직 시간은 있지만, 가능하다면 이제 그만 기슭으로 건너가고 싶다.

"죄송하지만 바자르의 출구는 어디인가요?"

주둥이가 얇고 긴 주전자를 파는 가게 주인에게 물었다. 엘레인의 말을 알아듣기는 한 모양이지만,

"～～～～～～～～～～～～～～～～～～～～～～～"

되돌아온 말을 못 알아듣겠다. 이곳에서 쓰는 말은 엘레인이 아는 아라비아어와 닮은 듯 달랐다.

물론 엘레인의 모국어인 영어도 통하지 않는다. 그 밖에 다른 언어로도 질문해 봤지만 상대방은 곤란하다는 듯 고개를 저을 뿐이었다.

바자르 입구의 특산품 가게와 융단 가게에서는 다양한 나라의 말을 사용했지만, 안쪽으로 들어오자 관광객을 상대로 하는 가게가 아니기 때문인지 현지의 언어밖에 통하지 않았다.

엘레인의 말을 겨우 알아들은 철물점 주인이 출구는 저쪽이라며 가리킨 쪽으로 걸어갔지만, 항구가 아니라 낯선 모스크(회교 사원)가 나타났다.

"맙소사. 난처하네. 저쪽 길로 가면 어떨까?"

반대쪽으로 가면 항구가 나올지도 모른다는 생각에 걸어갔지만 더욱 깊은 곳으로 들어오고 말았다.

"여기는 지금까지와 다른 분위기네."

인적이 드문 그 골목에는 쇠창살이 박힌 창문과 문이 늘어서 있었다. 낡고 거친 쇠창살이 아니다. 광이 날 정도로 잘 닦이고 덩굴 장식이 되어 있는 아름다운 쇠창살이다.

물건을 판매하는 가게가 아니라 고급 아파트라 해도 좋을 분위기의 건물들이 즐비하다.

가까이 다가가 보니 황금으로 된 문패가 달려 있었다. 하지만 아라비아어 문자로 쓰여 있어 읽을 수가 없었다. 또한 마호가니(멀구슬나뭇과의 상록 교목)로 보이는 장식이 얽혀 있는 문은 쉽사리 노크할 수 있는 분위기가 아니었다.

"이제…… 어떡하면 좋지?"

엘레인은 그렇게 중얼거리며 한숨을 쉰다.

그 순간, 눈앞의 문이 열렸다.

"응?"

문 안에서 둥근 갈색의 물체가 기세 좋게 나타나더니 이쪽으로 다가온다. 그것이 삼베 주머니를 어깨에 짊어진 남성임을 알았을 때에는, 이미 커다란 주머니가 엘레인의 눈앞에 다가와 있었다.

좁은 골목이라 피할 길이 없어, 엘레인 키의 절반만 한 삼베 주머니에 기세 좋게 눌리고 만다.

"꺄아악!"

엘레인은 비틀거리며 문 반대쪽의 벽에 등을 부딪쳐 넘어졌다.

"아야!"

느껴진 충격과 엘레인의 목소리에 누군가 부딪쳤음을 깨달은 남자가 주머니를 짊어진 채 뒤돌아보았다. 정수리가 평평한 암갈색 모자를 쓰고 검은 셔츠를 입었으며, 허리에는 검을 차고 있다. 떡 벌어지고 다부진 체격에 키도 크다. 짙은 눈썹과 까무잡잡한 피부, 코와 턱에는 덥수룩한 수염이 나 있어, 이 마을에 사는 남성 특유의 모습을 하고 있었다.

엉덩방아를 찧은 엘레인을 내려다본 남자는,

"~~~~~~~~~~~~~~!"

짙은 눈썹을 찌푸리고 눈을 치켜뜨며 무언가를 외친다.

표정과 말투로 보아선 왜 거기 서 있어? 방해되니 비켜, 라고 한 것 같다. 부딪쳐서 미안하다는 마음은 없는 모양이다.

바자르에서도 그랬지만, 이 마을의 남성은 엘레인이 나고 자란 나라처럼 여성에게 신사적인 태도를 취하지 않는 듯했다.

남자의 무례한 태도에 화가 났지만 외국의 낯선 골목에서 소동을 일으키는 것은 좋지 않다. 엘레인은 꾹 참고 일어났다.

남자는 개나 고양이를 쫓아 버린 정도로 생각하는 모양인지, 똑같은 주머니를 짊어지고 나온 남자들과 골목을 유유히 걸어갔다.

"정말 무례한 사람이야."

화를 내며 드레스에 묻은 먼지를 털었다. 여행용 드레스는 질 좋은 천으로 되어 있었기 때문에, 털어내는 것만으로도 오물이 사라져 안도의 한숨을 내쉬었다.

그때,

"무슨 일이십니까?"

문 쪽에서 들려온 영어에 놀라 고개를 든다.

"아……."

머리에 흰 천을 쓰고, 하얀색의 긴 옷을 몸에 두른 청년이 엷은 미소를 띠며 고개를 갸웃거렸다.

조금 전의 인부들과는 용모도, 몸에 두른 옷도 다르다. 야무진 눈썹과 깊고 검은 눈동자를 가진, 대단히 아름다운 얼굴이다.

"영어를 할 줄 아세요?"

엘레인이 묻자 긍정하듯 가볍게 고개를 끄덕였다.

"회화라면 할 수 있어요. 이곳에는 무슨 일로?"

그는 신기하다는 듯 질문한다.

"저는, 걷다 보니 길을 잃었어요. 동쪽으로 건너가는 배를 타는 곳으로 가고 싶은데 아무와도 말이 통하지 않아요."

그래서 이 골목에 흘러들었고 낯선 남자와 부딪쳤다며 청년에게 호소했다.

"그렇군요. 저희가 고용한 인부가 실례를 범했습니다. 사과의 뜻으로 제가 직접 항구까지 안내해 드리죠."

그는 분명한 발음과 정중한 태도로 말했다.

"정말이세요? 부탁할게요. 감사합니다."

엘레인의 대답을 들은 청년은 항구에 다녀오겠노라고 문

쪽을 향해 고했다. 그러자 안에서 조급한 목소리가 들려왔지만, 청년은 바로 앞이니 필요 없다며 문을 닫았다.

'아라비아어…… 맞지?'

그의 말과, 안에 있던 사람들이 한 말은 엘레인이 아는 말이었다.

"자, 가시죠."

청년은 엘레인을 재촉하며 빠르게 걸어간다.

"아, 네. 저기, 당신은 아랍인인가요?"

청년은 엘레인이 아라비아어로 말을 걸자 흥미로운 표정으로 그녀를 보았다.

"맞아요. 당신은 아랍어를 할 줄 아나요?"

다시금 가게가 줄지어 늘어선 곳으로 향하며 질문한다.

"일상 회화라면 가능해요. 저기, 안에 있던 분이 뭔가를 동반하겠다는 식으로 말하지 않았나요?"

'그냥 걸어가도 괜찮을까?'

"용케 알아들었네요. 호위병을 동반하라고 했어요. 아아, 잠깐 그쪽으로 들어가요."

청년에게 등을 떠밀린 엘레인은, 천장에 다양한 종류의 천이 늘어져 있는 가게로 들어가게 되었다.

"잠깐만 조용히 해요."

천 그림자 뒤에 숨은 그가 손가락을 입술에 대고 말한다.

엘레인은 그의 얼굴을 올려다보며 입을 다문 채 고개를

끄덕였다. 머지않아 그와 마찬가지로 하얀 천을 뒤집어쓰고 하얀 옷을 입은 남자들이 가게 앞을 지나간다.

저마다 아슈라프라는 이름을 입 밖에 내고 있다.

'이 사람의 이름인가?"

엘레인은 기다란 속눈썹과 오뚝한 콧날을 가진 그의 아름다운 얼굴을 올려다봤다.

"간 것 같군."

천 사이로 건너편을 바라보았다.

"당신을 찾는 것 같은데, 괜찮나요?"

"가까운 거리기도 하고, 여성과 단둘이 걷는데 호위병이 있으면 즐겁지 않으니까요."

그가 조용히 웃는다.

'호위병? 혹시 이 사람은 높은 지위에 있는 사람인가?'

"당신의 정체가 뭐죠?"

엘레인의 질문에 그는 미소를 지으며 살며시 고개를 저었다.

"내가 이 마을에 있다는 건 비밀이에요."

엘레인의 귀에 작게 속삭인다.

"비밀?"

그때, 근접한 거리에 있던 그에게서 달콤한 향기가 감돌았다.

달콤하지만 청량하고 고급스러운 향기는, 과거에 엘레

인의 집 주변에 심어져 있었던 잉글리시 라벤더와 비슷했다.

당분간 돌아갈 일이 없는 모국의 향기가 떠오르자 가슴이 저미어 천을 꽉 쥐었다.

"그게 마음에 들었나요?"

그의 말에 정신이 들어 얼굴을 든다.

"어머……."

어느새 청년은 조금 전까지 쓰고 있던 흰 천이 아닌, 정수리가 평평하고 새 무늬 자수가 놓인 갈색 모자를 쓰고 있었다.

"이거라면 호위병에게 들키지 않겠죠. 어떤가요?"

어울리느냔 물음에 무심코 고개를 크게 끄덕였다.

"무척 잘 어울려요……."

흰 천도 깔끔하고 멋졌지만, 모자를 쓰자 얼굴 전체가 보여 한층 날쌔 보인다.

오뚝한 콧날과 야무지지만 두껍지 않은 눈썹. 길고 풍성한 속눈썹. 쌍꺼풀진 기다란 눈과 흑요석처럼 빛나는 눈동자가 아름답다.

무심결에 바라보던 엘레인의 머리에, 조금 전 꽉 쥐고 있었던 감색 천이 둘러졌다.

"저쪽으로 건너가서 남하하면 훨씬 더워질 거예요. 모자도 좋지만 햇살이 강한 이곳에서는 스카프가 더 좋지요.

아, 하지만 이 색은 당신에게 너무 강하군요…….”

남자가 두른 천을 풀고 주인에게 말을 걸자, 주인은 안으로 들어가 연보랏빛 바탕에 붉은 꽃무늬가 새겨진 스카프를 가져왔다.

“아름다워요.”

색색의 가는 실로 엮인 장식이 스카프 주변에 자리 잡고 있다.

“이 장식은 오야라고 하는, 이 마을의 전통적인 것이에요.”

그는 그렇게 설명하며 모자를 벗은 엘레인의 머리에 씌웠다.

얇지만 확실한 질감은 고급 천임을 짐작게 한다. 가게 주인의 설명대로 주름을 잡아, 장식이 얼굴 주위에서 흔들리도록 고정하자 바자르를 지나던 여성들과 똑같은 모습이 되었다.

그런 엘레인을 보고 그는 만족스러운 미소를 짓는다.

“저, 저기…….”

“음. 이건 잘 어울리는군.”

그는 가게 주인에게 무언가를 고한 뒤 가게를 나선다.

“자, 잠깐만요. 값을 지불해야 하는데.”

엘레인은 당황하여 말했다.

“나중에 우리 측에서 지불하러 오기로 했으니 괜찮습

니다."

그는 주인과 잘 아는 사이라고 설명했다.

"하지만 제 걸 계산해야……."

"당신 것도 함께 계산할 테니 안심하세요. 조금 전에 저희 인부가 무례를 범한 일에 대한 사과를 겸하여 드리는 선물입니다."

"선물이라니…… 고가의 물건이 아닌가요?"

엘레인은 스카프 끝을 만지작거리며 묻는다. 좋은 천이며 장식도 정교하다.

"글쎄요. 어떨까요? 그런데 당신은 이름이 무엇이죠?"

"저는 엘레인 해밀턴이에요. 영국 런던에서 왔어요."

"제 이름은 아슈라프입니다. 아슈라프 아즈할 샤미아프."

'아슈라프…….'

조금 전 호위병들이 외치고 있었던 건 역시 그의 이름이었다.

'그나저나 굉장한 이름이다.'

아슈라프는 '가장 고귀한', 아즈할은 '빛나다' 라는 뜻이다. 샤미아프라는 성(姓)의 의미는 모르겠지만 분명 이것도 대단한 의미를 지녔을 것이다.

이십대 중반으로 보이는 아슈라프는 빛나는 미청년이다.

"당신은 영어를 잘하시네요."

눈이 부시다는 듯 아슈라프를 올려다보며 말했다.

"당신의 모국에서 이 년 정도 유학한 적이 있어요. 캠브리지에 있는 학교에서 국제학을 배웠지요."

"그래서 영어를 할 줄 아시는군요."

"저보다는 당신의 아라비아어가 훨씬 훌륭해요. 어디서 배웠죠?"

그가 질문을 던지며 잠깐 기다리라는 제스처를 취하더니 멈춰 섰다.

"배운 적은 없어요. 저희 집에서 일하던 도우미와 운전사 중에 아랍인이 몇 명 있었거든요. 저는 어머니를 일찍 여의었기 때문에 그들이 저를 돌봐주고 놀아주어서 자연스레 익히게 된 거죠."

"그렇군요. 그래서 아라비아어를 멋지게 소화하는 것이로군요."

현란한 금세공 장식품을 파는 가게를 바라보며 아슈라프가 고개를 끄덕인다.

'가게 안이 반짝반짝 빛나고 있어.'

목걸이나 팔찌가 주욱 늘어서서 눈부신 빛을 발산한다.

안에 있던 점원이 가게를 들여다보는 아슈라프를 바라보더니 얼굴에 웃음을 띤다. 그리고 아슈라프와 아는 사이인지 총총거리며 달려왔다.

점원과 무엇인가 상의한 아슈라프는 점원의 추천에 따라 팔찌를 하나 집어 들었다. 엄지손가락만큼 두꺼운 팔찌에는 기하학적 무늬가 정교하게 새겨졌으며 황금색 빛을 발산하고 있었다.

"잠시 실례하겠습니다."

아슈라프가 아주 자연스레 엘레인의 손을 잡더니 그 팔찌를 스르륵 끼웠다. 손목에 묵직함이 느껴진다.

'뭐지?'

깜짝 놀라 아슈라프를 올려다보니, 그는 의아한 표정으로 고개를 갸웃거리고 있었다.

"여성의 팔에 차기에는 너무 두껍군. 얇은 것으로 여러 개를 차는 편이 나으려나?"

그는 끼웠던 팔찌를 빼고, 새로이 새끼손가락 굵기의 팔찌 세 개를 골라 엘레인의 팔목에 끼웠다.

누군가에게 사주기 위해 엘레인의 팔에 시험 삼아 채워보는 걸까? 아마 그런 것 같았다. 몇 개를 더 끼워본 그는 교차하는 모양이 새겨진 팔찌 세 개가 마음에 든 모양이었다.

"이건 어떤가요?"

라는 질문에,

"네. 좋은 것 같아요."

분명 상대 여성도 기뻐할 것이라 생각하며 동의했다. 아슈라프는 마음을 굳힌 듯 점원에게 무어라 말한 뒤 가게를 나서자며 엘레인을 재촉했다.

"포장하지 않아도 되나요? 선물할 거잖아요?"

여전히 팔찌가 채워진 팔을 올리며 물었다.

"그건 당신께 드리는 선물이에요. 좋다고 말했죠? 그 밖에 마음에 드는 게 있다면 말해줘요. 이곳은 금세공 거리라고 불리는 곳이에요. 귀금속 장식품을 취급하는 가게가 모여 있죠. 마음에 드는 걸 골라도 돼요."

그는 주위를 둘러보며 말한다. 아슈라프의 시선 끝에 황금빛을 발산하는 가게가 죽 늘어서 있었다.

"그, 그게 아니라. 만난 지 얼마 되지도 않은 당신께 이렇게 비싼 물건을 받을 수는 없어요."

엘레인은 당황하여 손을 저었다.

"아아, 그건 조금 전 당신의 드레스를 더럽힌 일에 대한 사죄의 의미예요."

그는 손바닥을 위로 향한 채 가지라는 제스처를 취했다.

"사죄라니, 조금 전에 스카프를 받았는걸요."

그러니 사죄는 이미 끝났다고 말한다.

"스카프는 넘어뜨린 일에 대한 사죄고, 이것은 드레스를 더럽힌 일에 대한 사죄예요. 이제 저의 무료한 시간을 함께 해 준 것에 대한 감사를 전해야겠네요."

그는 즐거운 듯 후후 웃었다.

"무슨 말씀이시죠?"

"오랜만에 나라 밖으로 나왔는데 줄곧 호위병에 둘러싸여 있어야 하는 게 지긋지긋했거든요. 최근 몇 년 동안 자유로이 바자르를 활보해 보지 못했어요. 게다가 이렇게 아름다운 여성과 함께 걸을 수 있으니 기쁨을 감출 수가 없군요."

따라서 그에 대한 감사를 표하겠다고 했다.

"감사라……."

팔을 들고 손목에서 반짝이는 팔찌를 바라봤다.

진품과도 같은 묵직함이 느껴지지만 가볍게 선물할 정도라면 도금한 제품이겠지. 하지만 가짜라고는 해도 대단히 섬세한 세공이 되어 있으니 결코 저렴하지는 않을 것이다.

"항구의 출구까지 안내를 받고 있으니 감사는 제가 해야죠."

오히려 감사를 받아 미안하다는 표시를 했다.

"당신도 내게 감사를 표해주시는 겁니까? 그거 기쁘군요. 그럼 출구에 도착할 때까지 바자르를 함께 구경하며 걸어줄래요?"

"그 정도로 괜찮나요? 알겠어요. 아, 하지만 기차 출발 시각까지는 동쪽으로 건너가야 하니 느긋하게 있지는 못할 거예요……."

"알겠습니다. 바스라행 침대차죠?"

"맞아요. 저녁 무렵에 출발해요."

아슈라프는 알고 있다는 듯 고개를 끄덕였다. 이 계절에는 오로지 바스라행 열차밖에 없는 것이다. 곧 출발할 침대차도 마찬가지였다.

"기차 시각에 늦지 않을 배를 탈 수 있도록 걸읍시다."

"감사합니다."

금세공 거리를 빠져나가자 동과 놋쇠 식기 및 접시 가게가 늘어서 있었고, 그 맞은편에는 가죽을 세공한 옷과 끈, 가죽 자루 가게가 즐비했다.

"똑같은 가게가 모여 있네요."

"이곳은 다루는 물건의 종류에 따라 거래 장소가 정해져 있어요."

"그렇군요."

엘레인은 납득하며 둘러보았다.

"저쪽부터 융단 상인 거리예요."

그가 가리킨 곳에는 공들인 아라베스크 문양의 융단이 가게 앞에 잔뜩 늘어서 있었다. 가까이 다가가자, 가게 중앙에 융단 몇 장이 겹쳐져 있고 천장에도 빽빽이 전시되어 있다.

"굉장해요. 게다가 모두 다 무척 아름다워요."

다양한 색깔의 실로 짠 아라베스크 문양의 걸작이 늘어서 있었다. 손으로 짰다는 융단은 가늠할 수도 없이 많은 시간이 걸리지 않았을까?

"이 푸른 꽃무늬가 마음에 들어요."

덩굴과 푸른 꽃이 복잡하게 얽힌 융단을 가리키며 말했다.

"마음에 들었다면 사드리지요."

엘레인은 가게로 들어서려는 아슈라프를 황급히 막았다.

"아, 아니요, 괜찮아요. 보는 것으로 충분해요. 게다가 이렇게 큰 물건을 들고 인도까지 어떻게 가겠어요."

쓴웃음을 지으며 손을 저었다.

"인도에 가나요?"

아슈라프의 두 눈이 휘둥그레지며 엘레인을 돌아보았다.

"네. 바스라에서 인도행 배를 타고 갈 거예요."

엘레인의 설명을 듣고 아슈라프는 더욱더 놀란 표정을 지었다.

"여성 혼자서 그렇게 멀리까지요?"

믿을 수 없다는 눈빛이었다.

"일이 있거든요."

"아무리 일이 있대도 당신처럼 젊은 여성이 일행도 없이 향할 곳이 아닙니다."

영국에서 바스라까지는 철도가 깔려 있다. 거기까지도

안전하다고는 할 수 없는데, 그에 더해 엘레인 혼자 위험하기 짝이 없는 배 여행을 한다는 사실에 아슈라프는 눈썹을 찌푸렸다.

"하지만 가지 않으면 먹고 살 수 없는걸요."

아슈라프에게 어쩔 수 없다는 눈빛을 보냈다.

"당신의 집은 도우미와 운전사를 둘 정도로 유복하지요? 그런 댁의 영애가 먹고살 수 없어서 인도에 간다고는 생각할 수가 없어요. 저를 속이는 겁니까?"

그러자 아슈라프가 조금 무서운 눈빛으로 노려보았다. 지금까지의 부드러운 미소와는 전혀 다르게, 등골이 서늘해질 정도로 날카롭다.

"속이는 게 아니에요. 여기에는 사정이 있어요……."

그의 집요한 시선에서 벗어나려는 듯 앞을 바라보았다.

"이유를 물어도 될까요?"

아슈라프의 질문에 엘레인은 고개를 끄덕였다.

"제가 나고 자란 집은 직물공장을 경영하던 유복한 가정이었어요. 하지만 섬유불황이 밀어닥쳐 도산에 이르렀고, 아버지께서는 심로한 나머지 급작스레 돌아가셨답니다."

엘레인의 아버지는 산업혁명 후의 영국에서 직물공장을 경영하여, 커다란 저택과 많은 도우미를 고용할 정도의 부를 축적했다. 하지만 식민지에 잇따라 공장이 건설되어 저렴한 제품이 등장하자 공장은 단숨에 쇠퇴했다.

결국 세계대전에 의한 불황이 결정타가 되어 공장은 도산하고 말았다. 엘레인은 집과 공장, 그리고 아버지까지 잃었다. 일찍이 어머니를 잃은 엘레인은 홀몸이 되었다. 가까이에 의지할만한 친척도 없었고, 하루하루를 살기도 버거워졌다.

“그때 인도에서 무역회사를 경영하던 친척에게 아이의 가정교사를 해보지 않겠느냔 제안을 받았어요.”

동인도 회사를 시작으로, 영국에서 수많은 상인이 인도에 진출했다. 장사는 순조로웠지만 함께 하는 가족의 생활은 본국에 비해 불만스러웠다. 특히 학교의 설립이 늦어지고 있기 때문에 아이들의 교육은 가정교사에게 기댈 수밖에 없었다.

그러나 멀리 인도까지 와줄 좋은 교사를 찾기는 지극히 어려웠다. 특히 교육 수준이 높고 우수한 가정교사는 이런 변두리에 와주지 않았다.

따라서 인도의 친척은 집안도 좋고 가정교육도 잘 받았지만 지금은 몰락하여 생활이 곤란한 엘레인에게 제안을 한 것이다.

“그렇군요……. 속였다고 말해서 죄송합니다. 힘들겠군요.”

그는 연민에 찬 표정으로 사과했다.

“그런 얼굴로 보지 말아요. 저는 인도에 가는 것을 비관

하지 않아요. 오히려 기쁘답니다."

아슈라프의 얼굴을 똑바로 보며 대답한다.

"기쁘다고요?"

아슈라프도 눈을 동그랗게 뜨고 엘레인을 내려다봤다.

"네. ……저도 할 수 있는 일을 찾았는걸요. 새로운 한 걸음을 내디딜 좋은 기회라고 생각해요."

가슴을 펴고 말했다.

"좋은 기회라……."

그는 중얼거리며 팔짱을 끼고 무언가를 골똘히 생각한다.

"게다가 다양한 나라를 둘러보고 다양한 사람과 만날 수 있어요. 영국에 있었다면 이곳의 바자르도 평생 보지 못했을 테고 당신과도 만나지 못했겠죠?"

엘레인이 웃으며 올려다보자 아슈라프도 덩달아 미소를 지었다.

"확실히 그렇군요. 저도 당신을 만나 기쁩니다. 아아, 잠깐만 기다려요. 마른 과일을 좀 살 테니."

아슈라프가 설탕에 절인 색색의 과일이 산처럼 쌓여 있는 가게 앞에서 발을 멈춘 뒤, 가게 주인에게 이것저것 담도록 지시한다.

'어머, 이 주변은 낯이 익어.'

어느새 식품을 다루는 상점이 늘어선 구역에 와 있었다.

조금 전 이 근처에서 인파에 휩쓸려 골목 안까지 흘러 들어갔던 기억이 난다.

인파는 여전하지만 여기까지 수월하게 올 수 있었던 건 아슈라프가 에스코트해 주었기 때문이리라.

"살구 좋아해요?"

구매를 끝낸 아슈라프가 묻는다.

"네? 네…… 아마도."

"혹시 뱃멀미를 할 때 먹으면 도움이 될 거예요."

개운해질 거라고 말하며 봉투 입구를 열고 건살구를 꺼내 보였다.

"감사합니다. 어머, 새콤달콤해서 맛있네요!"

하나를 입에 넣자 새콤함과 달콤함이 입안에서 조화롭게 펼쳐진다.

"맛있어요?"

"네. 이렇게 맛있는 건살구는 처음 먹어봐요."

우물우물 씹으며 엘레인은 미소를 띠었다.

"그거 다행이군요. 그럼 이거 받아요."

그러자 그는 봉투를 통째로 내밀었다.

"이걸 다 주시게요?"

깜짝 놀라 아슈라프를 보았다.

"여행의 안녕을 기원하며."

그는 변함없이 아름다운 미소로 고개를 끄덕인다.

"감사합니다. 하지만 이렇게 많은 걸 해주시니 마음이 불편해요."

엘레인은 곤혹스러운 표정으로 그를 바라보았다.

"사실 당신께 사드리는 건 명목이고 제가 먹고 싶었습니다."

그렇게 말한 아슈라프가 엘레인이 든 종이봉투를 톡톡 두드린다.

"어머……. 그럼 더 드세요."

아슈라프의 말에 엘레인이 봉투를 내밀었다.

"시식으로 많이 먹었으니 됐어요. 아, 그럼 무화과를 주실래요? 말린 무화과는 이 마을의 특산품이죠."

그는 봉투 속의 적갈색 과일을 집었다.

"음. 달고 맛있군요. 드셔 보세요."

함박웃음을 짓는 그를 따라 엘레인도 무화과를 집어 든다.

"정말이네요. 달콤함이 응축되어 맛있어요."

영국에도 말린 무화과가 있지만 맛의 농도가 다르다.

"그 밖에도 포도나 사과도 섞여 있으니 나중에 천천히 드세요."

"감사합니다. 하지만 좋아하시는 거라면 당신이 갖고 가시는 게 어떨까요?"

엘레인이 종이봉투를 돌려주려고 내밀자 필요 없다며 거

절당했다.

"이미 마대 가득 사두었어요. 당신을 쓰러뜨렸던 그 주머니에 말이죠."

그렇게 말하며 양팔로 커다란 원을 그려 보인다.

"그게 말린 과일이었어요?"

기억을 떠올리며 엘레인이 눈을 동그랗게 떴다.

"말린 과일 이외에도 구입한 물건이 있지만, 그들이 옮기던 삼베 주머니에는 말린 과일을 담은 봉투가 최소한 세 개씩은 있었을 겁니다. 오랜만에 이곳을 찾았으니 제법 많이 샀지요."

"세 개씩이나요?"

아무리 그래도 너무 많다. 아슈라프는 대가족인가?

"우리나라에서는 인기가 많아서, 그 정도는 순식간에 사라진답니다."

"그러고 보니 당신은 어느 나라에서 오셨나요?"

아슈라프가 아랍의 상인임은 추측할 수 있었지만 어느 나라인지는 물어보지 않았다.

"미안해요. 이번에는 비공식적인 방문인지라 밝힐 수가 없습니다."

"아, 그렇군요. 하지만 그 복장은 아라비아 쪽이죠?"

"그건 맞지만 이 옷도 속임수예요. 모양은 같지만 우리나라에서는 흰색이 아니라 유색 천이 대부분이죠. 위치는 액커의 남쪽 부근이라고 해두죠."

"지중해 너머에 있는 액커요? 그럼 히자즈 철도가 다니는 곳인가요?"

모자란 지식을 총동원하여 추측했다.

"히자즈까지는 가지 않아요. 사막에 둘러싸인 곳이죠. 하지만 근처에 바다로 이어진 커다란 하천이 있어서 편리하답니다."

교통의 요지이자 활기차고 번영한 나라라며 웃는다.

"아슈라프도 여기서 기차로 돌아가나요?"

도중까지라도 함께 가면 좋겠다고 생각하며 질문했다.

"아니요, 배를 타고 액커로 직접 갑니다. 인원만 적었어도 바스라행 기차를 타고 중간까지 함께 갈 수 있었을 텐데……."

미안하다는 그의 말에 별말씀을 다 하신다며 고개를 저었다.

"바자르의 출구까지 안내해 주신 것만으로도 감사드려요."

엘레인은 감사 인사를 하며 주위를 둘러보았다. 두 사람은 이미 바자르를 벗어나 있었고 건너편에는 선착장이 보였다.

"저도 감사드립니다. 영국에서 즐겁게 보냈던 때와 같은 기분을 맛볼 수 있었어요. 영어를 쓴 것도 오랜만이고요."

거의 아라비아어로 대화했지만, 엘레인이 모르는 말은 영어를 사용했기에 아슈라프도 그때만큼은 영어로 대답했었다.

"저도 아라비아어로 얘기할 수 있어서 좋았어요. 감사합니다."

"저야말로."

두 사람은 웃는 얼굴로 악수했다.

"아아, 맞다……. 여행의 안녕을 기원하며 이걸 당신께 드리죠."

아슈라프는 차고 있던 작은 검을 칼집째로 뽑아 엘레인에게 내밀었다. 칼집 부분에 금세공 팔찌와 마찬가지로 공들인 무늬가 새겨져 있었다.

"이건 무척 소중한 물건이 아닌가요?"

칼집에는 푸른색의 커다란 보석도 박혀 있다.

"별거 아니에요. 하지만 여기 새겨진 새는 우리나라를 지켜준다고 전해지죠. 그래서 여행을 나설 때는 이 무늬의 검을 부적처럼 가져가는 풍습이 있어요."

그러고 보니 보석 주변에 날개를 펼친 매의 무늬가 새겨져 있었다.

"제가 가져가 버리면 당신을 지켜주지 못하잖아요? 무슨 일이 생긴다면 제 마음이 괴로워요."

"괜찮아요. 숙소에 몇 자루가 더 있거든요. 이건 여성이 보란 듯이 들고 다닐 물건이 아니니 품에 넣는 게 좋을 거예요."

웃옷 안주머니에 넣는 게 좋겠다고 말한다.

'몇 자루나 있다면 이건 장식용일 뿐 정말로 소중한 검이 아니라는 걸까? 분명 그럴 거야. 이렇게 쉽게 건네줬는걸.'

이 보석도 팔찌와 마찬가지로 큰 가치는 없을 것이다. 엘레인은 그렇게 스스로를 납득시키며 그의 지시대로 웃옷 안주머니에 검을 넣었다.

"호위병들이 곤란해하고 있을 테니 저는 이만 가보겠습니다."

아슈라프가 미소 띤 얼굴로 행운을 빈다며 손을 흔든 뒤 발길을 돌린다.

"감사합니다. 당신도 몸조심하세요!"

엘레인도 크게 손을 흔들며 이별을 고했다.

'정말 멋진 사람이었어…….'

다시 바자르로 들어가는 아슈라프의 뒷모습을 바라보며 엘레인은 안도의 한숨을 내쉰다.

그는 아마도 아랍 거상의 아들쯤 되는 모양이다. 어쩌면 왕족이나 귀족의 피를 이어받았을지도 모른다.

엘레인의 나라에는 전 세계의 왕족과 부호의 자제가 유학을 온다. 엘레인이 다녔던 학교에도 그런 사람들이 적지 않았던 것이 떠올랐다. 그도 그중 하나일 것이다. 그 정도로 높은 지위가 아니라면 호위병이 필요할 리가 없다.

'하지만 그 사람이 어디 사는 누구든 상관없어. 앞으로 나는 인도에 갈 거고, 더 이상 만날 일은 없는걸.'

마음속으로 중얼거리며, 그에게 받은 말린 과일을 입에 넣었다. 입속에 새콤달콤함이 퍼진다.

"아……."

그러자 왠지 가슴 속이 답답해졌다.

그와 두 번 다시 만나지 못한다는 사실이, 새콤달콤한 맛과 함께 강조되며 슬픔이 복받친다.

"이, 이상해. 만난 지 얼마 되지 않은 사람이잖아. 자, 얼른 가자. 꾸물대다가는 기차를 놓치고 말 거야!"

마음속에 피어난 감정을 떨쳐내려는 듯 걸어간다. 움직일 때마다 팔찌가 딸랑거리며, 이별이 만든 쓸쓸함이 소리가 되어 귀에 남았다.

2장

배를 타고 해협을 건너 동쪽 대륙에 있는 어느 역에 도착하자, 침대열차는 출발을 준비하고 있었다.

"어디 보자, 이등 객실은…… 아아, 저쪽이다."

맡겨두었던 커다란 트렁크가 열차 안으로 실리는 모습을 포착했다. 차장으로 보이는 제복 차림의 사람이 승강구 앞에 서서 승차하는 손님의 표를 확인하며 안쪽으로 승객들을 들여보내고 있었다.

엘레인도 그쪽으로 가기 위해 발을 디딘 순간,

"잠깐 기다려요!"

뒤에서 부르는 소리에 깜짝 놀라 돌아보았다.

'응? 누구지?'

아슈라프가 썼던 터키모자를 쓴 중년 남자가 뒤에 서 있었다. 바자르에서 흔히 봤던 짙은 눈썹과 콧수염을 가진, 통통하고 키가 작은 남자다.

대체 무슨 용건 때문인지 몰라 고개를 갸웃거렸다.

"저쪽에서 당신을 부르고 있어요."

남자가 특산품 가게에서 들었던, 억양이 강한 영어로 말하며 토실토실한 손가락으로 역 입구 부근의 벽을 가리킨다.

"저를요?"

눈을 돌리자 침대차를 타려고 모인 손님과 그와 관련하여 물자를 싣는 사람들, 행상, 걸인 등으로 붐비는 맞은편에, 하얀 옷을 입은 남자 몇 명이 보였다.

역사 벽에 쌓여 있는 짐 때문에 확실치는 않지만 이쪽을 응시하는 것 같다.

그들은 모두 터키모자가 아니라, 골목에서 만났던 아슈라프와 똑같이 흰 천을 머리에 두르고 있었다. 거리가 멀어 얼굴은 잘 보이지 않았지만 저중 한 명이 아슈라프일 것이다.

"무슨 일이지?"

뭔가 깜빡한 물건이라도 있나? 어쩌면 초면인 여자에게 주기에는 너무 비싼 물건이라, 검과 팔찌를 돌려받으러 왔는지도 모른다.

'혹시 그건가……? 나를 한 번 더 만나고 싶었다든지?'

그렇게 생각하자마자 가슴이 두근거렸다.

'돌아가서 얘기할 만한 시간은 있어. 한 번 더 아슈라프를 만날 수 있다면…….'

엘레인은 남자의 뒤를 따라 걸어갔다. 인파를 헤치며 짐이 벽처럼 쌓인 곳까지 갔지만,

"응……? 누구시죠?"

짐에 가려졌던 하얀 옷의 남자들 중에 아슈라프는 없었다. 사람을 잘못 봤다며 자신을 안내한 남자를 돌아보자, 거기엔 그 남자 외에 터키모자를 쓴 남자 몇 명이 더 늘어서 있었다.

"뭐, 뭐죠?"

남자들이 마치 엘레인이 열차 쪽으로 돌아가는 걸 막으려는 듯이 둘러쌌다. 그 머릿수와 히죽거리는 남자들의 얼굴에서 불길한 예감이 들었다.

"～～～～～～～～～～～～～～～～～～～"

안내를 한 남자가 엘레인의 뒤에 있는 남자들에게 무언가를 고했다.

"～～～～～～"

하얀 옷을 입은 남자 중 하나가 그에 대답을 한 뒤, 엘레인을 둘러싼 남자 중 하나에게 주머니를 건넨다. 짤랑대는

금속 소리로 미루어, 그 주머니 안에 돈이 들었음을 짐작했다.

'설마…….'

머릿속에 유괴라는 단어가 떠오른다.

외국에서는 여러 가지로 조심해야 한다는 사실을 알고 있었다. 하지만 유럽 대륙을 횡단하는 동안에는 자국에서와 별반 다르지 않게 보냈고, 이국이라고 실감한 이곳에서도 영어를 사용하는 아슈라프와 만난 것으로서 긴장이 풀려 있었다.

슬금슬금 포위망을 좁혀오는 남자들 사이에서 부들부들 떨면서도, 어떻게든 도망가야 한다고 생각했다.

남자들 너머로 열차와 차장의 모습이 조그맣게 보였다.

"살려주세요!"

엘레인은 열차를 향해 소리 질렀다.

하지만 타이밍이 좋지 못했다. '빠아아앙!' 하고 승차를 재촉하는 경적 소리가 울려 퍼져 엘레인의 목소리가 묻혀 버린 것이다.

외치자마자, 뒤에서 덮쳐온 손이 엘레인의 입을 막았다.

"으읍……."

'내가 이렇게 어리석은 행동을 하다니…….'

엘레인은 자신의 입을 막은 팔에 매달려, 흰 소매에 손톱을 세우고 버둥대며 그렇게 생각했다.

"으윽! 이봐, 얼른 묶어! 입에도 재갈을 물려!"

아라비아어로 명령하는 목소리가 들렸다. 아슈라프의 목소리와는 달랐다. 하지만 재빨리 눈이 가려졌기에 얼굴을 볼 수는 없었다.

남자의 팔을 잡았던 손도 뒤로 묶였다. 눈 깜짝할 새에 팔찌까지 풀리고 말았다.

'아슈라프가 준 소중한 팔찌인데!'

항의를 하고 싶었지만 입에 재갈이 물리고 그 위로 아슈라프에게 받은 스카프가 둘러졌다. 발밑에는 말린 과일이 든 종이봉투가 떨어져 사방으로 흩어지는 바람에 새콤달콤한 향기가 감돈다.

"읍…… 으읍……."

그저 우물거리는 소리밖에 낼 수 없는 엘레인은 다리까지 묶인 채 말린 과일이 흩어진 역 바닥에 넘어졌다.

"이래도 될까요?"

엘레인의 다리를 묶은 남자가 아라비아어로 묻는다.

"다소 젊기는 하지만 금발의 백인 여자니 괜찮아. 이제 머릿수는 채워졌어. 여기서 지키고 있던 보람이 있군."

조금 전까지 엘레인의 입을 막았던 남자가 웃음 섞인 목소리로 대답했다.

"노예시장에 금발의 백인 여자는 좀처럼 나오지 않으니까요."

"시장에 나온대도 창부여서는 곤란하지."

그렇게 말하며 입을 덮은 스카프 자락을 엘레인의 눈 근처에 두른다.

"그러게 말입니다. 그런데 소란스러워지지는 않을까요?"

"이등 열차를 타고 홀로 여행하는 여자라면 대단한 신분은 아니지. 없어졌다고 해서 난리 날 일은 없을 거야."

"대륙에서 출발하는 이등 열차라니, 끝내주는 아이디어였습니다. 아, 여자를 유인한 자가 차장에게 짐을 넘겨받고 있네요."

"승차 취소를 알리면서 짐을 넘겨받는 거지?"

짐을 팔아 버리면 수입이 배가 되겠다며 웃는 소리가 들렸다.

'뭐라고요! 웃기지 말아요.'

엘레인은 버둥대며 필사적으로 신음을 낸다.

"이 여자, 우리말을 알아들으려나?"

"유럽 여자가 아라비아어를 알 리가 없지. 손발이 묶여서 놀랐나 봐. 이봐, 조용히 해."

질책의 말이 날아왔다. 그리고,

"윽……."

'이게 무슨 냄새지?'

몸부림치는 엘레인의 코에 담배 냄새와 비슷한, 타는 냄새가 느껴졌다. 콧속이 찡해지며 가려진 눈에서 눈물이 번진다.

"넌 운이 좋았어. 유럽보다 훨씬 좋은 나라에서 잘 살 수 있을 거야."

'무슨 말을 하는 거야?'

"그러게요. 춥고 지저분한 이교도의 나라와는…… 다르게…… 우리의 땅은……."

남자들의 목소리와 역의 소란스러움이 점점 멀어져 간다.

의식을 잃게 하는 연기를 마셨음을 깨달았을 때는, 이미 깊숙한 어둠 속으로 떨어지고 있었다.

몸이 흔들린다. 아래쪽에서 올라오는 진동이 불쾌하다. 또한 비좁고 후텁지근하며 머리와 몸이 아프다.

'뭐지……?'

눈을 뜬 엘레인은 자신이 나무 바닥 위에 뒹굴고 있음을 깨닫고 깜짝 놀랐다. 어둑한 그곳은 흔들거렸고, 주위에는 자루와 나무상자 등이 쌓여 있었다. 머리 위의 둥근 창문에서 눈 부신 빛이 들어온다.

창문의 모양과 흔들리는 몸. 붕붕 울리는 엔진 소리. 이 모든 것을 종합해 볼 때 이곳은 배 안이 아닐까 싶다. 바자르를 빠져나와서 탄, 동쪽으로 향하는 배인가?

아니, 그녀는 이미 동쪽으로 건너간 뒤 역으로 향하고 있었을 터였다.

'게다가 이곳은 승객용 객실이 아니야.'

아무리 봐도 짐을 싣는 선상 창고다. 왜 이런 곳에 있는 걸까?

의아하게 생각하며 일어서자 쇠붙이가 부딪치는 소리와 함께 목에 묵직함이 느껴졌다.

"응……?"

쇠사슬로 연결된 가죽 목걸이가 채워져 있었다.

'이건……?'

그때 엘레인의 머릿속에 불쾌한 기억이 떠올랐다.

열차에 타기 직전에 유괴된 것이다. 그때 손발을 묶였던 끈이나 입에 물렸던 재갈과 천 등은 풀려 있었지만, 목과 발목에 쇠사슬이 연결된 가죽끈이 매여 있었다.

"이게 뭐야!"

깜짝 놀라 소리를 지른다.

"이봐, 얌전히 있어!"

아라비아어가 들렸다. 눈을 돌리자 문 근처에 감색 천을 뒤집어쓴 남자가 앉아 있었다. 순간적으로 아슈라프인가 싶었지만 전혀 달랐다. 역에서 봤던 남자들과도 달랐다. 아슈라프보다 훨씬 나이가 많고 허름한 모습이었다. 라이플총을 지팡이처럼 짚고 벽에 기대 있다.

"당신은 누구죠? 절 어쩔 셈인가요?"

"조용히 해."

엘레인의 질문을 무시하며 명령한다. 영어로 물어 못 알아들은 것일까? 아니면 대답할 생각이 없는 것일까?

"역으로 돌려보내 주세요. 저는 인도에 가야만 해요."

이번에는 아라비아어로 말했다. 그러자 남자는 한쪽 눈썹을 찡그리며 엘레인을 노려봤다.

"뭐? 너는 우리가 이스탄불에서 산 몸이야."

"지금 뭐라고 하셨어요? 말도 안 되는 말씀 마세요! 아무튼 이걸 풀어주세요! 절 이스탄불로 돌려보내 줘요!"

일어서서 남자에게 소리쳐 보았지만, 배가 흔들리는 바람에 휘청거리며 또다시 바닥으로 쓰러졌다.

"이런, 다치기라도 하면 큰일 나."

남자는 자리에서 일어나 다가왔다.

"돈은 이미 지불했고 정해진 날까지 넘겨줘야 하니 널 돌려보낼 수는 없지. 자꾸 반항한다면 그때처럼 재워주겠어. 아니면 이 총으로 때려서 얌전하게 만들어줄까?"

갖고 있던 총으로 위협하듯 바닥을 탁탁 친다.

"어, 어째서 제가 팔려야 하는 거죠? 이런 건 용납 못해요!"

당차게 말한다.

"네가 왜 팔리고 있었는지는 나도 몰라. 우리는 이스탄불의 상인에게 조건에 맞는 여자를 사고 싶다고 의뢰했고, 조달받은 여자에 상응하는 돈을 지불했을 뿐이야. 그곳에서 팔고 있는 건 부모형제에게 팔린 여자가 대부분이지만, 너만은 달랐던 모양이군. 뭐, 잠든 채 넘어왔으니 사정이 있다고 짐작되지만……."

남자는 엘레인 앞에 책상다리를 하고 앉았다.

"너를 구입할 때 지불한 금액은 막대해. 그리고 그 돈은, 내게 여자를 사오라고 명령한 내 주인에게 받았지."

"당신의 주인?"

"내 주인은 샤미아프의 대신이야."

남자는 총을 어깨에 얹었다.

"샤미아프요?"

남자에게 묻는다.

"사막 한가운데 있는 나라야. 모르나?"

샤미아프라는 나라를 모른다는 사실이 납득되지 않는지 남자는 살짝 불쾌한 표정을 지었다.

"처음 들었어요."

"몰라도 상관은 없어. 아무튼 나는 주인의 명령을 완수해야만 해. 그러니 지금 여기서 너를 돌려보낼 수는 없어."

남자는 너를 돌려보낸다고 돈이 돌아오는 건 아니라며 진지한 표정으로 말했다.

"그건 곤란해요."

엘레인은 주먹을 꽉 쥐며 항의한다.

"뭐, 여기서 내린대도 어차피 바다 위야. 헤엄쳐서 갈 수는 없잖아?"

'바다?'

해협을 건너고 있는 것만이 아니었다. 바자르에서 유괴되어 이런 곳까지 끌려왔음에 놀랐다.

"목적지에 도착하면 우리 주인에게 사정을 말하도록 해. 너는 우리말을 할 줄 아니 어떻게든 되겠지."

그렇게 말한 그는, 엘레인을 넘긴 뒤에는 자신의 일도 끝이니 문제없다고 했다.

'그편이 나으려나……?'

둥근 창문 너머로는 바다와 하늘밖에 보이지 않는다. 이런 바다 한가운데에서 내리라고 해도 곤란하다. 혹시 보트를 빌린대도 여자의 힘으로는 얼마 젓지도 못할 테고, 육지에서 얼마나 떨어져 있는지도, 어느 쪽으로 가야 할지도 모른다. 지금 여기서 내려도 사태가 호전되지 않는다는 것은 명백하다.

상황이 좋아질 때까지 동향을 살펴보는 게 좋겠다는 생각에 포기하고 고쳐 앉았을 때, 가슴에 딱딱한 물건이 닿았다.

'아…… 검……'

아슈라프에게 부적 겸 받은 검임을 깨달았다.

'이걸 써서 남자를 위협하고 배를 돌리면 어떨까?'

한순간 그렇게 생각했지만 상대는 총을 갖고 있으며 자신보다 체격이 크다. 게다가 엘레인은 태어나서 지금껏 검을 써본 적이 없었다.

아무리 생각해도 성공할 것 같지 않았다.

'게다가 이건 장식용 검이라 실제로는 쓸 수 없을지도 몰라.'

웃옷 안주머니에 있는 검을 단단히 잡았다.

'어쩌다 이렇게 되었을까……?'

서둘러 열차에 탔으면 좋았을 것을, 아슈라프와 헤어지는 것이 섭섭해서 가보고 말았다. 그것이 잘못이었다. 낯선 땅에 있었으니 좀 더 주의를 기울였어야 했다.

경솔했던 자신의 행동에 화가 난다.

'아무튼, 육지에 도착하면 이 사람의 주인에게 사정을 말하고 이스탄불로 돌아가는 수밖에 없어.'

그때까지 얌전히 있는 수밖에 없다.

배는 바다 위를 만 하루 동안 항해한 끝에, 다음 날 아침 작은 항구에 다다랐다. 하지만 어느 항구에 도착했는지 알지도 못한 채 엘레인은 트럭 짐칸에 오르라는 명령을 받았다.

여기서 본래 있던 곳으로 가는 배에 타고 싶다고 남자에게 호소했지만, 주인에게 허가를 받지 않으면 안 된다며 거절당했다. 허가를 받기 위해서는 주인이 있는 사막의 나라까지 가야만 한다고 했다.

'맙소사…….'

항구는 물류의 중계기지 같았다. 남자는, 본래 있던 곳으로 돌아가는 배는 이틀 뒤에 출항한다고 말했다.

'그럼 그때까지 돌아올 수밖에 없겠어.'

엘레인은 그렇게 생각하며 트럭에 올랐다.

"어머……."

안을 들여다본 엘레인은 깜짝 놀랐다. 덮개가 씌워진 트럭 짐칸에는 자신과 비슷한 연령의 여성들이 타고 있었다.

"어떻게 된 일이지?"

짐칸에 깔린 기하학 모양의 융단 위에 열 명 가까이의 여성이 앉아 있었다. 배 안에 있을 때 남자가 여자를 샀다는 말을 하기는 했지만 이렇게 많을 줄은 몰랐다.

대부분의 여성은 스카프를 뒤집어쓰고 있었고, 그중에는 새카만 천으로 온몸을 두른 사람도 있었다. 놀란 엘레인과 마찬가지로 그녀들도 놀란 눈을 하고 있었다.

그야 당연하다. 엘레인은 질 좋은 샴브레(흰 실과 색실로 짠 직물)로 만든 테일러드 칼라의 윗옷과, 허리가 잘록하고 소매가 넓은 드레스슈트 차림이었다.

그녀들이 입은 주름진 긴 자루 같은 옷과는 차원이 달

랐다.

그렇지만 그녀들도 다 똑같지는 않았다. 저마다 조금씩 달랐다.

스카프 사이로 보이는 머리카락은 검은색, 갈색, 웨이브진 머리, 곱슬머리. 눈동자 색깔도 검은색, 갈색, 녹갈색, 녹회색 등 다양하다. 피부색도 흰색부터 햇볕에 그을린 듯 까무잡잡한 색까지 다양하게 모여 있었다.

밝은 금발과 녹색 눈동자를 가진 엘레인이 합세하자 마치 동서양 여성의 견본 시장 같았다. 인종과 민족이 다른 여성을 왜 이렇게나 모아둔 것일까 의아하게 생각하며, 붉은색 꽃무늬 스카프를 두른 소녀 옆에 앉았다.

"안녕하세요?"

인사를 하자 소녀는 어색하게 고개를 끄덕였다. 작고 가냘프다. 기다란 속눈썹과 큰 눈동자가 자리한 얼굴은 무척 천진해 보였다.

'이 소녀도 시장에서 팔린 건가?'

유괴된 것은 자신뿐이며, 나머지는 샀다고 말했던 남자와의 대화를 떠올렸다.

"저는 엘레인이라고 해요. 당신은요?"

엘레인이 말을 걸자 소녀는 깜짝 놀라 눈이 휘둥그레졌다.

"파라프."

기다란 속눈썹을 내리깔며 부끄러운 듯 대답했다.

"파라프……."

아라비아어로 '기쁨' 이라는 뜻의 이름이다. 팔려 버린 그녀의 신상을 고려하니 얄궂게 느껴졌다.

"어디서 왔나요? 몇 살이죠?"

무심결에 질문이 새어나왔다.

"파트라는 마을에서 왔어요……. 나이는 열여섯 살이에요."

"열여섯이요?"

나이를 듣고 깜짝 놀랐다.

파라프는 엘레인과 얼마 차이가 나지 않았다.

"훨씬 어려 보여서 놀랐어요."

"저는…… 마을에서는 큰 편이에요……."

"그렇군요. 저기, 그러니까, 당신도 팔린 건가요?"

쭈뼛거리며 물어보자 고개를 끄덕였다. 겨우 몇 살 차이지만 자그마한 그녀가 안쓰러웠다.

"집에 돌아가고 싶죠? 가엾어라……."

가족이 없는 엘레인조차 유괴된 뒤로는 줄곧 영국으로 돌아가고 싶어 참을 수가 없었던 것이다. 하지만 파라프는 엘레인의 말에 크게 고개를 저었다.

"돌아가고 싶지 않아요. 멋진 곳으로 갈 거니까요."

무슨 소리지? 엘레인은 고개를 갸웃거리며 바라봤다.

"멋진 곳이요?"

"네. 맞아요. 샤미아프에 있는 아시르 하미드 왕자님의 후궁이요."

소녀는 가슴을 펴고 방긋 웃었다.

"후궁이라면, 여성들이 모여 있는 하렘 말인가요?"

파라프가 고개를 끄덕인다.

"그런 곳이 멋지다고요?"

파라프는 홍조 띤 얼굴로 의아한 표정을 짓는 엘레인을 바라봤다.

"매일 밥을 많이 먹을 수 있고, 따뜻하고 아름다운 곳이에요. 예쁜 옷도 입을 수 있답니다."

까맣고 커다란 눈을 반짝이며 신나게 말한다.

"하지만……."

하렘은 한 남성에게 다수의 여성이 봉사하는 곳이라고 들은 적이 있다. 그런 곳이 멋지다고는 생각할 수가 없었다. 엘레인이 고개를 갸우뚱하자,

"우리는 선택받았어요."

파라프의 맞은편에서 검은 천을 뒤집어쓴 여성이 입을 열었다.

"당신은?"

"저는 사하르에요. 페르시아에서 왔지요."

높게 솟은 코와 뾰족한 턱을 가진 그녀도 무척 젊어 보

였다.

"선택받았다니…… 돈을 받고 팔린 거잖아요?"

"평범한 결혼과 마찬가지에요. 우리의 결혼은 돈으로 결정되는걸요."

사하르의 설명에 의하면, 그녀들의 사회에서 결혼을 하려면 남성이 여성의 부모에게 거금을 지급해야 한다. 따라서 부자이며 많은 아내를 둔 연상의 남성에게 시집가는 일이 드물지 않은 모양이다.

시집을 가면 남편에게 사랑을 받기보다 노동에 투입되는 비중이 더 높다. 가사와 육아 외에도 융단을 짜는 등의 가내노동이 기다리고 있다.

하지만 왕족의 후궁이라면 노동의 의무가 없고, 호화로운 식사와 의상이 부여되어 꿈같은 생활을 할 수 있다고 한다.

"아시르 하미드님의 후궁에 들어갈 여성을 찾는다는 소문은 금세 우리나라까지 퍼졌어요. 아버지는 그 즉시 저의 초상화와 경력을 적은 서류를 들고, 대리인을 맡은 상인에게 신청을 했답니다."

사하라와 같은 생각을 하는 여성이 적지 않았는지 신청이 쇄도했다고 한다. 하지만 이웃의 여러 나라 여성들 중, 입궁을 허락한다는 연락을 받은 것은 사하르가 유일했다.

"그럼 여기에 있는 여성들은 모두, 기꺼이 팔려 왔다는 뜻인가요?"

짐칸 안을 둘러보며 엘레인과 사하르의 대화를 듣고 있던 여성들은 일제히 고개를 끄덕였다. 그녀들의 집안은 풍족하지 않은지 모두 하나같이 야위어 있었다. 파라프가 나이보다 젊게 보인 것도 그 때문일 것이다.

이 근방은 교역으로 번성하여 풍족한 곳과, 메마른 토지를 전전하며 살아야 할 정도로 빈곤한 곳이 있다. 그녀들이 살던 곳은 후자다.

"당신은 아무것도 모르고 왔나요?"

파라프가 신기하다는 표정으로 엘레인에게 질문한다.

"네. 몰랐어요. 역에서 유괴당했거든요."

유괴라는 말에 일동이 술렁였다.

하지만 술렁임은 이내 사라지고,

"하지만 아시르 하미드 왕자님의 후궁에 들어갈 수 있게 되었으니까, 좋은 사람에게 유괴된 거네요."

사하르의 말에 모두가 미소 짓는다.

"좋다니요! 저는 인도로 일을 하러 갈 거예요."

"저희는 아내로서 후궁에 들어가는 것이니 일은 하지 않아도 돼요."

파라프가 웃으며 말한다.

"좋아하지도 않는 남자의 아내가 되는 건 싫어요!"

엘레인의 말에 또다시 술렁임이 일어났다.

'나는…… 아직 좋아하는 사람과 키스조차 한 적이 없단 말이야…….'

그렇게 생각하며 아슈라프를 떠올렸다. 그 사람과는 헤어졌지만 앞으로 어떤 만남이 기다리고 있을지는 알 수 없다. 어쩌면 인도에서 멋진 사람과 만나 사랑으로 맺어지게 될지도 모른다.

'그래. 나는 좋아하는 사람과 사랑을 나누고, 결혼해서, 그 사람만을 사랑하고 싶어.'

하지만 지금 여기 있는 여자들에게 그 길은 닫혀 있다. 따라서 굳이 그 말을 입에 올리지 않은 채,

"목적지에 도착하면 본래 있던 곳으로 돌려보내 달라고 할 거예요. 그러니 여러분과는 여기서 작별이에요."

유괴범에게서 엘레인을 샀다는 주인과 담판을 짓겠다고 설명했다.

"그렇군요. 후궁에서 함께 살 수는 없군요."

아쉬운 듯 실망한 표정으로 파라프가 중얼거린다.

"그래요. 도착하면 작별이에요. 남편을 공유해야 한다는 사실은 제게는 납득할 수 없는 일이지만 여러분이 후궁에서 행복하길 바랄게요."

"고마워요."

파라프가 감사를 전하자 뒤에서 사하르와 여자들이 고개를 끄덕인다.

"아시르 하미드님이 멋진 분이면 좋겠네요. 나이는 비슷한가요? 왕자님은 몇 살이죠?"

왕자이니 나이가 많지는 않겠다고 생각하며 물었다.

"네? 몇 살이냐니. 그, 그게……."

파라프가 곤란한 표정으로 머뭇거렸다.

"태어난 지 얼마 되지 않았어요."

아직 한 살 정도라며, 사하르가 파라프 대신 대답했다.

"태어난 지 얼마 되지 않았다니!"

그 왕자가 그녀들의 상대가 되기 위해서는 십 년도 더 있어야 한다.

"아무리 그래도 너무 이르지 않나요?"

믿을 수가 없다며 고개를 저었다.

"왕위계승 시기에 내란이 있었기 때문이라고 들었어요."

국왕은 작년에야 즉위했고, 왕위계승을 둘러싼 내란이 겨우 진정된 참이다. 왕의 지위를 견고히 하기 위해 후계자에게 궁전과 후궁을 마련해 주고, 그 사실을 널리 알려 위엄을 세우기 위해 국내외에서 여성을 모은 것이 아닐까 한다는 사하르의 설명이 이어졌다.

'위엄을 세우기 위해 갓난아기의 아내가 될 여성을 이렇게 많이 모았다는 소리야?'

이보다 어리석은 일이 또 있을까? 그럼에도 그녀들에게 있어 후궁은 바라마지 않는 혼처이며, 다른 어느 곳보다도 풍요롭고 평온하게 살 수 있는 곳이다.

행복의 형태는 저마다 다르다. 엘레인은 흔들리는 짐칸 위에서 복잡한 마음을 품었다.

하지만…….

트럭은 샤미아프에 들어서자마자 왕자의 후궁에 엘레인 일행을 내려주고 사라졌다.

"저는 항구로 돌려보내 주기로 약속했어요!"

엘레인은 후궁에서 일행을 맞아준 뚱뚱한 남자에게 서둘러 호소했다. 감색 천을 뒤집어쓰고 감색의 긴 옷을 입은 남자는 거대한 풍선 같았다.

"뭐라고?"

배에 있던 남자는 그곳에 없었고, 거구의 남자는 그런 사실은 들은 적이 없다며 고개를 저었다.

"저는 이스탄불 역에서 유괴돼서……."

설명하려 했지만,

"알 게 뭐야. 얼른 안으로 들어가."

이야기를 하던 도중에 명령 당했다.

"하지만."

"거 참 끈질기네."

남자는 토실토실한 볼살 너머에 있는 눈으로 엘레인을 노려보았다.

"하지만, 저는 본래 있던 곳으로 돌려보내 준다고 약속해서……."

필사적으로 물고 늘어졌다.

"돈은 이미 지불했어. 자꾸 조잘거리면 맞을 줄 알아."

유괴당한 일부터 설명하고 싶었지만 엘레인의 호소를 들어주지 않는다. 그는 위협하듯 주먹을 휘두르며 화냈다.

이 남자는 배에 있던 남자의 주인이 아닌가?

"당신들의 주인을 만나고 싶어요. 저는 모레 항구를 떠나는 배를 타고 이스탄불로 돌아가야 해요!"

"네 주인님은 요람 안에서 쉬고 계신다. 얼른 들어가!"

엘레인은 다른 여자들과 함께 반강제적으로 후궁에 들어갔다.

3장

물소리에 눈을 떴다.

'파도 소리?'

천천히 눈을 뜨자 엘레인의 눈에 푸른 하늘이 들어왔다. 하지만 하늘 바로 앞에 걸린 하얀색 차양을 발견하고 눈을 크게 떴다.

엘레인은 배 안이 아닌, 정원이 있는 테라스 옆에 있었다.

정원의 중앙에 오각형의 연못이 있고, 연못 안에 서 있는 나팔 모양의 오브제에서 물이 흘러나오고 있었다. 엘레인의 귀에 들린 물소리는 거기서 난 소리였다.

연못 주위에는 다양한 종류의 나무가 무성했다. 엘레인의 얼굴보다도 큰 이파리와 늘어진 꽃이 핀 나무, 빨간색과 노란색의 열매가 맺힌 과일나무, 가시가 돋은 둥근 모양의 식물 등 그중 몇 가지는 이전에 온실에서 본 적이 있다.

기온과 습도가 높아 후텁지근했기 때문에 정말로 온실에 있는 것 같았다.

대체 여기는 어딜까? 대체 왜 이곳에 있는 걸까? 엘레인은 그렇게 생각하며 몸을 일으켰다. 등나무로 엮은 침대가 삐걱거리는 소리를 냈고, 손바닥에 딱딱한 물체가 닿았다.

"이건……."

부적으로 받았던 검이다. 그것을 보고 이곳이 어디며, 자신이 이곳에 있는 이유가 무엇인지 떠올랐다.

지난밤, 엘레인을 샀다는 주인은 만나지 못한 채 다른 여자들과 함께 후궁에서 밤을 보내게 되었다. 여자들에게는 각각 독립된 공간이 부여되었다.

갈아입을 옷도 준비되어 있었는데 아랍풍의 옷에는 코르셋도, 드로워즈(속바지)도, 파니에(속치마)도 없었다. 유럽식 옷밖에 입어본 적이 없는 엘레인은 현란하고 화려하지만, 얇고 미덥지 못한 그 옷을 입을 마음이 들지 않았다.

아침이 되면 말이 통하는 사람이 올지도 모른다고 마음을 고쳐먹고, 아슈라프가 준 부적과도 같은 검을 쥔 채 테라스 곁에 있는 침대에서 잠을 청한 것이다.

"얼른 항구로 돌아가야 해. 내일이면 배가 떠날 거야."

하지만 낮이 되어도 밤이 되어도 식사를 나르는 후궁의 시녀 외에는 엘레인의 방을 찾는 자는 없었다. 말이 통하는 사람을 불러달라고 시녀에게 호소했지만, 자신은 모른다며 곤란해할 뿐이었다.

시녀는 여기서 나가고 싶다는 엘레인의 호소에, 불가능하다며 고개를 저었다.

"밖에 나가려면 후궁대부의 허가가 필요합니다. 대문 열쇠를 대부께서 갖고 계시거든요."

본래대로라면 후궁의 주인인 왕자가 열쇠를 지녀야 하지만, 왕자가 아직 갓난아기이므로 후궁을 관리하는 대신인 후궁대부가 열쇠를 관리한다는 것 같았다.

"저희들도 자유롭게 밖으로 나가지 못합니다."

자신도 이 건물과 주방, 그리고 시녀들의 작업동밖에 출입하지 못하며, 다른 시녀들도 각각 담당하는 여성의 방 이외의 열쇠는 가지고 있지 않다고 했다.

"불이라도 나면 어떡하죠? 이래서야 피할 수가 없잖아요."

"후궁의 건물은 독립되어 있기 때문에 걱정할 필요가 없습니다. 이곳은 무척 넓은데다 피난용 지하도도 있거든요."

후궁에는 초목과 연못이 우아하게 배치된 너른 정원에,

테라스가 딸린 흰색 건물이 여기저기 흩어져 있었다. 엘레인이 있는 건물의 내부 장식은 아라베스크 문양 등 아랍풍이지만, 외부는 전체적으로 유럽풍 석조건물이며 신축이었다.

"피난용 지하도는 어디죠? 입구는요?"

"그건…… 후궁대부밖에 모릅니다."

시녀의 대답에 어이가 없었다. 이래서야 긴급 사태에 어떻게 써먹는단 말인가?

'뭐, 돈으로 모은 여자들이 도망치면 곤란하다는 건 알겠지만…….'

"아무튼 후궁대부와 이야기를 하고 싶으니 어떻게든 연락을 취해주겠어요?"

엘리인은 시녀에게 부탁했다.

'지금 항구로 출발해도 내일 출발하는 배는 못 탈지도 몰라. 하지만 다음 배를 기다리면 돼.'

어떻게든 담판을 지어야 한다고 생각했다.

얼마 지나지 않아 어젯밤 차에서 내렸을 때 봤던 뚱뚱한 남자가 엘레인의 방을 찾았다. 다즐이라는 이름의 이 남자가 후궁대부였던 것이다.

"무슨 이유가 있든 돈은 지불했어. 거래는 성립됐다는 소리지."

엘레인의 말도 듣지 않은 채 입을 열자마자 단언한다.

"싫어요! 저는 당장에라도 인도로 가야 한단 말이에요. 그게 불가능하다면 영국으로 보내줘요!"

"너는 이 후궁에서 아시르 하미르 왕세자 전하의 후궁녀 중 하나가 되어 평생 그분을 모셔야 해."

다즐이 오만하게 말한다.

"갓난아기를 위해 외국인 여성을 모으는 게 무슨 의미가 있다는 거죠?"

"전 세계의 저명한 나라와 부족의 여자를 거느리는 것으로 왕세자 전하께서 얼마나 위대한지를 증명할 수 있기 때문이다."

그는 유럽과 페르시아 등, 힘이 강한 나라의 여성이라는 사실이 중요하다고 말했다. 트럭 안에서 사하르가 한 말과 같은 내용이다. 역시 주변의 평가 때문에 각지의 여성을 모으고 있는 것이다.

"그렇다고 해서 유괴를 해서까지 여자를 모은다는 건 이기적인 발상이에요."

엘레인은 다즐에게 비난의 말을 퍼부었다.

"유괴 따윈 하지 않았어. 걸맞은 금액을 지불하고 정식으로 구입했지. 뭐, 이유야 어떻든 왕세자 전하의 여자로서 이 후궁에 들어왔으니 너를 내보내 줄 수는 없어."

"세상에……."

"대체 뭐가 불만인 거지? 이 건물은 너희 나라의 건축가가 지은 건물이야. 너 같은 신분의 여자에게는 황송한 삶이 기다리고 있어. 감사해라."

그는 손에 들고 있던 두꺼운 검을 휘두르더니 성큼성큼 엘레인의 방을 나섰다.

"웃기지 마……."

웃옷 속에서 아슈라프에게 받은 검을 꽉 쥔다.

이 검으로 저 남자를 위협하여 이곳을 나갈 열쇠를 손에 넣을 수 있다면 좋을 텐데. 하지만 검을 사용할 줄도 모를 뿐더러, 겨우 손바닥만 한 이 검으로는 상처조차 내지 못할 것 같다.

'어쩌면 좋지?'

이런 곳에서 평생 살고 싶지 않다.

정성스레 차려진 화려한 식사가 제공되고, 아름다운 궁전과 정원이 주어졌지만, 갓난아기의 아내로서 시녀와 단둘이 평생을 살 수는 없다.

실망하여 정원을 내려다보자 석양에 물든 정원이 희미하게 빛나고 있다. 그것은 달빛과 엘레인 방의 조명 때문만은 아니었다.

"아……."

고개를 들자 정원을 따라 늘어선 건물의 테라스에서 빛이 뿜어져 나오고 있었다. 테라스 너머로 사람의 그림자가 보였다.

“다른 방과는 정원으로 이어져 있군요.”

돌아보며 시녀에게 말하자 고개를 끄덕여 줬다.

“건너편에 있는 방에 가봐도 되나요?”

“가셔도 됩니다. 후궁에서는 다른 분들과 사이좋게 생활하는 게 바람직하니까요.”

“그렇군요…….”

평생 둘이서만 사는 것은 아닌 모양이다. 하지만 지금은 파라프 일행을 평온하게 만날 수 있을 것 같지가 않다.

일단 방으로 돌아가려고 분수 앞에서 발길을 돌렸다.

“어머!”

발밑에 자라 있던 덩굴에 엘레인의 발이 걸렸다.

“엘레인님!”

황급히 테라스에서 이쪽으로 오려던 시녀를 손을 올려 저지한다.

“덩굴에 발이 걸린 것뿐이에요. 괜찮아요.”

덩굴을 걷어내며 대답했다.

‘어라?’

근처 풀숲에 걷어낸 덩굴을 던지다 보니, 땅에 떨어져 있던 하얀 물체가 눈에 들어온다.

“이게 뭐지?”

주워보니 그것은 접힌 종이였다. 방수를 위해 기름이 칠해져 있다.

"……이건……."

종이를 펼쳐보니 가느다란 선으로 가득한 도면이었다.

"무슨 일이시죠?"

도면을 바라보며 테라스로 돌아간 엘레인에게 시녀가 말을 걸었다.

"도면 같은 종이가 떨어져 있었어요. 봐요."

종이를 내밀자 시녀는 곤란한 표정으로 고개를 갸웃거렸다.

"죄송합니다. 외국어는 읽지 못해요."

"네? 아아, 그렇군요."

도면에 쓰인 문자는 영어였다. 이것은 영국인이 쓴 것일지도 모른다.

"그러고 보니……."

다즐이 이곳은 '너희 나라의 건축가가 지은 건물이야' 라고 했던 말이 기억났다. 그렇다면 그 건축가는 영국인이라는 얘기고 이 종이는 이곳의 도면이 아닐까?

"여기가 대체 어딜까요?"

그려진 그림은 정원도 건물도 아니다.

"마치 미로 같아요."

가지처럼 뻗은 길이 선으로 그려져 있고, 여기저기 들쭉날쭉하게 꺾인 선이 포함되어 있다.

"그러고 보니, 왕도의 지하에 미로가 있다는 소문을 들었어요."

엘레인의 뒤로 물러나 있던 시녀가 입을 열었다.

"유사시에 사용할 비밀 통로인데, 미로로 되어 있기 때문에 한번 길을 잃으면 영원히 나오지 못한다고 해요."

시녀는 영원히 길을 잃는다는 두려움에 몸서리치며 엘레인에게 설명했다.

"이 후궁에도 비밀 통로가 있나요?"

"피난용 지하통로가 있다는 사실은 알고 있지만, 자세한 건 후궁대부나 호위병사만 알고 있을 겁니다. 만약 과거에 쓰던 통로가 남아 있었대도 이곳을 건설하기 전에 메우지 않았을까요?"

시녀는 지하에 공간이 있다면 영국식의 중량 있는 건물을 지탱하지 못할 것이라고 말했다.

"일리 있는 말이네요."

묵직한 석조 건물을 올려다보며 시녀의 말에 고개를 끄덕인다.

하지만,

다시 한 번 쳐다본 도면 속에서 이곳의 정원으로 보이는 부분을 발견했다. 이 건물을 설계할 때 통로를 조사하기 위해 만들어진 도면인 모양이다.

'쓸모가 있을지도 모르겠어…….'

엘레인은 태연하게 도면을 웃옷 안주머니에 넣었다.

저녁 식사를 마친 뒤.

“두통이 있으니 쉴게요.”

엘레인은 시녀에게 말하고 서둘러 침실로 들어갔다. 침대에 옷을 넣어 부풀린 뒤 베개에 스카프를 둘러놓고 몰래 창문으로 빠져나간다.

분수 옆 풀숲을 돌아가자 도면에 기재된 대로 통로 입구가 있었다. 지면에 뚜껑을 덮어둔 것 같은 나무문을 힘껏 당긴다.

‘역시 여기구나.’

문 아래에 지하로 내려가는 계단이 나타났다. 도면에 있던 꺾인 선은 계단 마크였다. 램프를 들고 안쪽을 보니 통로가 일직선으로 뻗어 있었다.

‘여기로 도망칠 수 있을지도 몰라.’

더듬더듬 안으로 들어가 깊숙한 곳으로 전진한다. 통로 안은 생각보다 넓었고 걷기 힘들지도 않았다. 이대로 전진하면 밖으로 나갈 수 있을 것 같았다.

하지만…….

“이거, 최신 도면이 아닌가?”

지하 통로를 똑바로 걸어가면, 후궁을 둘러싼 높은 담장 너머로 나갈 수 있는 계단이 나타나야 할 터인데 그것이 통 보이지 않는다. 암반을 도려낸 통로를 계속 걸어왔지만 분기점 따위는 없었다.

'어째서?'

당황했지만 애써 침착하게 되뇐다.

아직 아침까지는 시간이 있다. 지도가 있으니 미로에서 헤맬 일도 없다. 만에 하나 길을 잃는대도, 왔던 길로 되돌아가면 후궁으로 돌아갈 수 있다.

"후궁으로 돌아가고 싶지 않아. 어떻게 해서든 출구를 찾아야 해!"

예전에 집에서 고용한 운전사에게 운전을 배운 적이 있기 때문에, 밖으로 나가 차를 조달하면 어떻게든 될 것이다.

하지만 통로는 여전히 하나뿐이다.

"이렇게 오래 걸을 리가 없는데, 어딘가 출구가 없을까?"

벽에 손을 짚으며 중얼거린다.

그러자 손바닥에 벽이 밀리는 감촉이 느껴졌다.

"어라? 혹시 이 벽이 움직이나?"

밀어보니 돌벽이 회전문처럼 돌았다. 벽과 벽이 수직을 이뤘고, 건너편에 새로운 통로가 나타났다.

"그렇다면 지금까지도 이랬을까?"

도면에 표시된 통로가 지난 벽에도 몇 곳 있었다. 좀 더 빨리 벽을 밀어봤으면 밖으로 나가는 계단을 발견했을 것이다.

서둘러 돌아가려고 했지만…….

"저건?"

조금 전 열었던 통로 앞에서 빛이 새어 들어오고 있다는 사실을 깨달았다.

'건물 안인가?'

지금은 밤이니 바깥으로 연결되었다면 빛이 들어올 리가 없다. 일단 어딘지 확인해 보고자 돌 문 너머로 뻗은 통로에 들어섰다.

"꺄…… 미끄러워."

바닥이 미끄러웠다. 지금까지 걸었던 곳보다 습기가 많다. 램프로 발밑을 비춰보니 벽 쪽에 작은 틈이 있고 그곳에 물이 차 있었다.

발이 빠지지 않도록 조심스레 걸어 비밀 통로의 끝까지 나아간다. 가까이에서 보니 돌 벽의 상부에서 세로로 선을 그은 듯이 빛이 들어오고 있었다.

'이 벽도 문이려나?'

틈 사이로 슬쩍 들여다봤지만 어둠 속을 램프에 의지해서 걸어왔기 때문인지 눈이 부셔서 잘 보이지 않았다. 눈을 가늘게 뜨고 벽에 얼굴을 댄다.

'으음. 뭐지?'

흐릿한 무언가가 방해를 해서 보이지 않는다.

틈이 조금 더 벌어지지는 않을까 싶어 벽에 손을 대자, 스르륵 움직이며 또다시 회전문처럼 열렸다.

“꺄악…….”

‘까, 깜짝이야…….’

부드럽게 열린 문과 새하얘진 시야에 놀랐다.

빛에 익숙해진 눈으로 바라본 그곳은, 바닥과 벽에 대리석이 사용되었고 남국의 나무들이 울창했다. 풀숲 너머에는 흡사 수영장처럼 생긴 곳에 더운물을 채워놓았는데, 하얗게 보였던 건 그 수증기 때문임을 인지했다.

“여기는 목욕탕인가?”

고대 그리스나 로마에 있던 대욕장과 닮은 곳이다. 사막 한가운데에 있는 나라에 화려한 목욕탕이 있는 것도 놀라웠지만, 이곳이 대중목욕탕이라면 출구가 있을 것이라 확신하며 안으로 들어갔다.

인기척이 거의 없는 데다, 이 정도의 수증기라면 몰래 나갈 수 있을 것 같았다. 엘레인은 젖은 바닥 위에서 미끄러지지 않도록 조심하며 수증기에 가려진 커다란 문 쪽으로 걸어갔다.

몇 걸음 걸어갔을 때,

‘아…… 누군가 있어!’

탕 한가운데에 사람 그림자가 숨겨져 있었음을 깨달았다. 그 사람이 남성임을 확인한 뒤, 엘레인은 탕 주위에 솟은 나무 뒤로 급하게 달려갔다.

남자는 엘레인에게 등을 보인 채 허리 아래가 물속에 잠겨 있다. 어깨까지 내려오는 흑발과 다부진 등으로 보건대 젊은 남자임을 추측할 수 있었다.

가만히 앉아 있는 것으로 보아 남자는 엘레인의 존재를 눈치채지 못했다. 가슴을 쓸어내리던 그 순간, 몸을 숨겼던 나무 위에서 스륵스륵 소리가 났다.

'뭐지?'

고개를 들자, 머리 위에 있던 적색과 흑색 줄무늬의 뱀과 눈이 마주쳤다.

"히익!"

엘레인은 무심결에 비명을 지르며 물러섰다. 하지만 요염한 몸을 가진 뱀은 샤 하는 소리와 함께 입을 벌리고 엘레인에게 날아들었다.

"꺄악!"

피할 생각으로 올린 왼쪽 팔에 뱀의 커다란 입이 달려들었다.

"싫어!"

힘껏 뿌리치자 뱀은 팔에서 목욕탕 바닥으로 떨어졌다.

"웬 놈이냐!"

우렁찬 목소리와 함께 탕 안에서 일어서는 소리가 울려 퍼진다. 거의 동시에 엘레인이 향하려던 문이 기세 좋게 열렸다.

"무슨 일이십니까!"

"어디 편찮으십니까?"

목욕탕 안으로 여러 사람이 우르르 몰려들었다. 수증기 때문에 잘 보이지는 않았지만 회색 옷을 입었으며 긴 봉을 들고 있었다.

"누군가 있다."

탕에서 나온 남자는 들어온 남자들이 들고 있던 천을 두르며 엘레인 쪽을 가리켰다.

"네? 정말이다. 저쪽에 누군가 있다!"

누군가 엘레인을 보고 외치자 남자들이 일제히 그쪽으로 달려든다. 다가오는 그들이 손에 든 것은 봉이 아니라 장검이었다.

"이봐, 이 녀석은 뭐야!"

"요상한 차림이로군. 외국 여자인가?"

화난 목소리로 바로 옆까지 다가온다.

"뭐, 뭐예요……."

무심결에 뒤로 물러나다 뒤에 있던 나무에 등을 부딪쳤다.

"앗!"

충격으로 안주머니에 있던 검이 바닥으로 떨어지며 그 소리가 목욕탕 가득 울려 퍼졌다.

"검이다! 이 녀석이 검을 들고 아미르 하맘에 숨어들었다!"

'아미르?'

아랍에서는 왕을 아미르라는 경칭으로 부른다.

그렇다면 조금 전 탕 안에 있던 사람은 이 나라의 왕이며, 자신이 열고 나온 문은 왕궁에 있는 목욕탕으로 통하는 문이었다는 말인가?

만약 그렇다면 터무니없는 곳으로 나오고 만 것이다.

"아, 그게……."

자신이 이곳에 있는 이유를 설명하려 했지만 다가서는 남자들의 기세에 압도되어 말이 잘 나오지 않았다.

"너는 외국 여자로 변장한 자객이 아니냐?"

머리에 보랏빛 터번을 두르고 선두에 서 있던 남자가 떨어진 검을 주우며 외쳤다.

"자, 자객이라니요!"

깜짝 놀라 대답한다.

"여기에 뱀이 있습니다! 무르쉬드님, 이 녀석은 다기르입니다!"

뒤에 있던 남자가 뱀의 머리를 쥐고 높이 쳐들었다.

"다기르라고? 네놈이 데려왔군. 다기르로 마비된 틈을 타 검으로 찌르려고 했던 게 틀림없어. 외국 여자로 변장은 했지만 역시 자객이다!"

무르쉬드라고 불린 남자가 엘레인의 팔을 잡는다.

"꺅! 이, 이거 놔요! 뱀 따위는 데려오지 않았어요."

"발음이 조금 이상하지만 아랍어를 이렇게 잘하는 외국 여자는 본 적이 없어. 아니, 여자가 아니지? 외국에는 여자로 변장한 스파이가 많다고 하더군. 여자 옷을 입고 왕궁에 숨어들어 위대하신 아미르의 목숨을 끊으라는 명령을 받았나?"

남자의 눈이 날카롭게 엘레인을 노려보았다.

"저는 남자가 아니에요! 게다가 아미르를 죽이러 온 것도 아닙니다. 이곳이 왕의 하맘인 줄 몰랐단 말입니다."

엘레인은 고개를 저으며 대답했다.

"아무것도 모르는 외국 여자가 검과 다기르를 숨긴 채 아미르의 하맘에 침입할 수 있을 리가 없다. 이봐, 이자를 붙잡고 있어!"

무르쉬드가 엘레인의 팔에서 손을 떼기가 무섭게 좌우에서 뻗쳐온 손에 양팔이 구속되었다.

"이건 작지만 살상능력이 높은 검이다. 그걸 지니고 있었다는 건 아미르를 죽이려 했다는 증거다."

남자가 엘레인의 눈앞에 주워 든 검을 들이대며 칼집에서 뽑았다. 날카로운 칼은 하맘의 조명을 받아 포악한 빛을 내뿜었다.

"오해예요! 저는 정말로 아무것도 몰랐어요!"

필사적으로 부정했지만, 무르쉬드는 개의치 않고 엘레인이 입은 드레스의 상의를 쥔 채 당겼다.

"그, 그만둬요!"

"우선은 정말 여자인지 확인부터 해야겠군."

검을 세로로 쥐고 옷깃을 찌른다.

"무슨 짓이죠? 꺄, 꺄아아아악—"

칼날이 위에서 아래로 이동하며 드레스 앞부분이 세로로 벌어졌다.

코르셋과 파니에가 훤히 드러났다. 코르셋에도 깊은 칼자국이 났으며 가슴골이 확연히 보였다.

"싫어어엇—!"

"가슴에 천이라도 채워 넣은 줄 알았는데 진짜 여자였군. 하지만 외국에는 여자 자객도 있지. 이봐, 무기나 뱀을 더 숨기고 있는지 조사해 봐."

무르쉬드가 명령하자 남자들의 손이 코르셋으로 뻗쳐왔다.

"그, 그만둬요오오오오!"

잡으려는 손을 피하고자 몸부림 쳤지만 양팔이 잡힌 상태이기에 움직일 수가 없었다.

"꺄아아악!"

웃옷과 잘린 드레스가 벗겨져 비명을 질렀다. 여기서 코르셋까지 잘린다면 가슴과 팬티가 드러날 것이다.

"벗겨라."

무르쉬드의 비정한 목소리가 전해진다.

"부탁이에요. 이 이상은 그만둬요!"

필사적으로 버둥대며 호소하던 그때,

"아……?"

갑자기 다리에 힘이 빠졌다.

"뭐, 뭐지?"

코르셋 차림의 엘레인은 무릎이 꺾이며 바닥에 엉덩방아를 찧었다. 팔을 잡혀 있지 않았더라면 그대로 쓰러졌을 것이다.

"뭐야? 자객임을 자백할 마음이 들었나?"

치켜 올라간 눈썹과 콧수염을 가진 남자가 만세 자세로 바닥에 앉은 엘레인에게 다가온다.

"누가 시켰는지 털어놓는다면 목숨만은 살려주마."

남자는 입가를 올리며 웃었다.

"아니에요……. 저는 자객이 아니라고요……. 모, 몸에 힘이…… 빠져……서."

"힘이 빠졌다고? 혹시 다기르에게 물렸나?"

뱀을 쥔 남자를 힐긋 바라보며 묻는다.

"네, 맞아요……. 물렸어요……."

"흥. 자기가 준비한 뱀에게 물리다니 글러먹은 자객이로군."

"그 뱀에게…… 물리면, 죽나요?"

엘레인의 질문에 무르쉬드는 한쪽 눈썹을 찡그렸다.

"뭐야. 다기르의 독에 대해서도 잘 모른 채 가져왔다는 건가? 어리석은 여자로군. 아니, 너 같은 여자를 투입시킨 놈이 교활한 건지도 모르지."

그는 눈을 가늘게 뜨며 웃었다.

엘레인은 공포에 찬 눈동자로 무르쉬드의 얼굴을 올려다보았다.

다기르라는 것은 독사가 틀림없다. 그렇다면 엘레인은 지금 여기서 죽는 걸까? 만약 치사량의 독이 아니라 한들, 자객으로 오해받아 처형된다면 죽는 것은 마찬가지다.

'그런 건 싫어!'

낯선 나라의 남자들의 손에 알몸이 되어, 처형되거나 독사에 물려 죽다니 정말 싫다.

꿈이었으면 좋겠다.

꿈이 아니라면 살려달라고 마음속으로 외친다.

"누가 좀…… 도와줘요……. 저는 유괴되어 이곳으로 팔렸을 뿐이에요."

인도에 가려 했다며 엘레인은 가녀린 목소리로 호소했다.

"이 여자, 뭐라고 하는 거지?"

엘레인이 한 말은 아라비아어가 아닌 영어였기에 남자들

은 고개를 갸웃거렸다. 그러자,

"기다려라!"

우렁찬 목소리가 엘레인을 둘러싼 남자들의 저편까지 울려 퍼졌다.

"그 여자를 보여줘라."

명령이 전해지자 눈앞에 있던 자들이 좌우로 갈라졌다.

'아…….'

수증기 저 너머로 남자가 걸어오고 있었다.

어깨까지 늘어뜨린 흑발과 비단 실로 짠 천을 두른 모습을 보고, 조금 전까지 탕에 있던 아미르임을 알아챘다. 남자들 사이를 지나 가까이 다가오자 그의 얼굴과 모습이 분명하게 보였다.

그 얼굴은…….

"아슈라프!"

바자르에서 작별한 아슈라프와 똑같은 얼굴이었다.

'설마 아슈라프가 아미르?'

"엘레인……. 어째서 그대가?"

마찬가지로 놀란 표정의 그가 뱉은 말에 본인임을 확신했다.

"역시……."

다시 한 번 만나고 싶기는 했지만, 설마 이런 곳에서 재회할 줄은 미처 몰랐다.

무엇보다 그가 아미르라 불리고 있음에 경악했다.

"아미르! 이 외국 여자를 아십니까?"

무르쉬드가 놀란 표정으로 질문했다.

"그래."

아슈라프는 곤혹스러운 표정을 지으며 대답한다. 그리고 고개를 돌려 뱀과 엘레인이 들어온 문을 본 뒤 다시 한 번 속옷 차림의 엘레인에게 눈을 돌렸다.

그는 몇 걸음 더 다가와 바닥에 앉은 엘레인에게 몸을 숙인다.

"왜 이곳에 있죠?"

그가 빠르게 영어로 질문했다. 바자르에서 만났을 때와 마찬가지로 날카롭고 아름다운 용모였지만 미간을 찌푸린 그의 표정은 대단히 삼엄했다.

"당신과 헤어진 뒤 유괴당했어요."

"유괴요?"

"네. 실은…… 이스탄불 역에서 속는 바람에, 이곳 왕자님의 후궁에…… 팔리고 말았어요."

엘레인은 지금까지의 경위를 더듬더듬 호소했다.

"왕자의 후궁이요? ……그렇군. 그렇게 된 거였군."

아슈라프는 이해한 듯 고개를 끄덕이더니 무르쉬드를 바라봤다.

"손을 놓아라. 그자는 짐이 바자르에서 산 여자다. 소란

피우지 마라."

아슈라프가 지배자의 위엄을 표출하듯 말했다.

엘레인의 팔을 잡고 있던 손이 사라지자 기댈 곳을 잃은 몸은 바닥으로 떨어지며 맥없이 주저앉는다. 가슴을 가리고 싶었지만 힘이 들어가지 않았다. 손발이 마비되어 앉아 있기도 버거웠다.

무르쉬드는 그런 엘레인을 화난 표정으로 흘겨봤다.

"어째서 위대하신 아미르의 왕궁이 아닌 이곳에, 그것도 다기르를 가지고……."

납득이 가지 않는다는 표정으로 외친다.

"이곳이 아니라 왕자의 후궁에 들여두었었다. 보다시피 외국 여자며, 우리나라의 법과 예절도 모른다. 한동안 왕자의 후궁에서 가르친 뒤에 정식 왕비로 들일 셈이었다. 그런데 참지 못하고 뛰쳐나온 모양이구나."

또한 다기르는 우연히 길을 따라 들어온 모양이라고 아슈라프가 대답했다.

"이 여자를 정식 왕비로 삼겠다고 하셨습니까?"

무르쉬드가 어이없다는 듯 바라보았다.

"영국 여자를 왕비로 삼으면 언젠가 도움이 될 테지."

"그럴지도 모르지만……. 이 여자는 정말 수상한 자가 아닙니까? 다기르뿐만 아니라 검도 갖고 있었습니다."

"그 검은 짐이 건넨 것이다. 잘 살펴보거라."

아슈라프는 무르쉬드가 손에 들고 있던 검을 턱으로 가리킨다.

"샤미아프 왕가의 문장(紋章)에, 샤미아나이트의 돌이 박혀 있군요……."

손에 든 검을 얼굴 가까이에 대고 확인한 무르쉬드가 눈을 동그랗게 뜨며 중얼거렸다.

"이제 알겠느냐? 허나, 도망칠 생각을 하다니 못 말리는 여자로군. 앞으로는 더욱 엄격하게 교육할 필요가 있겠어."

그는 팔짱을 끼고 엘레인을 노려봤다. 바자르에서의 다정한 아슈라프와는 딴판인 오만한 태도다.

"저는 후궁 따위에……."

황급히 대답한다.

"죽고 싶지 않으면 입 다물고 제 말에 따르도록 해요. 이대로라면 당신은 사형에 처해질 겁니다."

아슈라프가 다시 한 번 영어로 재빠르게 말했다.

"사형이요? 저는 유괴를 당했어요."

"지금 그 사실을 주장한대도, 저를 죽이면 돌려보내 주겠다고 명령받은 걸로밖에 보이지 않아요. 상황이 더 악화될 뿐이죠. 사형당해도 좋습니까?"

표정만큼 엄한 말을 내뱉는다.

"사형이라니요. 시, 싫어요. 죽고 싶지 않아요! 하지만 저는, 저기 저 뱀에 물렸어요…….”

사형당하지 않더라도 죽는 것은 아닐까? 엘레인은 몸을 떨며 호소했다.

“저 뱀의 독은 손발이 마비될 정도의 독성이지 죽지는 않아요. 안심해요.”

얼마 있으면 본래대로 돌아갈 거라는 말에 안도했다.

“그럼 저의 명령에 순순히 따를 거죠?”

아슈라프의 물음에 엘레인은 고개를 끄덕였다. 그리고 고개를 들었을 때, 눈앞에 아슈라프가 있다는 것은 그에게 코르셋 차림, 그것도 갈라진 천 사이로 가슴골이 훤히 드러난 모습을 보였다는 뜻임을 깨달았다.

극심한 수치심에 손으로나마 가리고 싶었지만 여전히 손발이 자유롭게 움직이지 않는다.

‘아, 안쪽까지는 보이지 않았겠지?’

아슈라프는 초조해하는 엘레인의 얼굴을 힐끗 보더니 뒤돌아서서,

“그렇게 되었으니 앞으로는 짐이 직접 교육하겠다. 여기는 됐으니 왕비를 맞이할 준비를 하러 가도록.”

무르쉬드와 병사들을 향해 말한다.

“지금 당장 말씀이십니까?”

“그렇다. 도망치지 못하도록 지금 당장 왕비로 삼겠다.”

단호하게 선언하며 남자들에게 물러가라고 명령한다.

"분부대로 하겠습니다."

불만스러운 표정의 무르쉬드를 필두로, 남자들이 하맘을 나선다. 모두의 모습이 사라지고 문이 닫히는 소리가 울려 퍼지자 아슈라프는 바닥에 앉은 엘레인을 내려다봤다.

"이렇게 됐으니 제 아내인 척 연기를 해줘야겠어요. 이제부터는 우리말로 이야기하겠습니다. 알겠지요?"

처음 만났을 때처럼 부드러운 미소를 띠며 말한다.

"아, 네. 알겠어요."

엘레인이 알던 아슈라프의 모습이다. 그녀는 안도하며 그를 올려다봤다.

"그럼 저쪽에 있는 신성한 장소로 갑시다."

아슈라프는 엘레인을 안아 들고 하맘의 안쪽으로 걸어간다.

"신성한 장소요?"

"왕과 허락된 자만이 들어갈 수 있는 기도원이오. 기도 이외의 의식에도 사용된다오."

아슈라프가 키 큰 나무가 숲을 이룬 곳을 걸으며 설명했다. 그가 향하는 방향으로 얼굴을 돌리자 돔형 천장의 원형 홀이 보였다. 홀의 중앙에 장방형의 커다랗고 하얀 석대(石臺)가 놓여 있다. 대리석으로 보이는 그곳에는 식물의 덩굴이 휘감긴 모양이 새겨져 있었고 윗부분 표면은 매끈매끈했다.

석대의 절반은 천장에서 늘어진 묘한 천에 덮여 있어, 마치 뚜껑이 달린 돌침대처럼 보였다.

돔 천장에는 초를 잔뜩 세운 조명이 달려 있었고, 그곳에서 부드러운 빛이 쏟아진다. 밤의 숲에 놓인 침대를 연상시키는 아름다운 그 석대 위에, 아슈라프는 행여 부서질까 조심스러워하듯 그녀를 내려놓았다.

유리 돔에 촛불이 비치자 온 하늘이 별로 가득 찬 것 같았다.

넋을 놓고 바라보다가,

"꺅!"

똑바로 누운 엘레인의 코르셋에 닿은 손길에 놀란다.

"무, 무슨 짓이죠!"

"우리 샤미아프에서 혼례 의식은 몸을 정화하는 것부터 시작한다오."

"혼례 의식이라니……. 옷을 전부 벗나요? 설마……."

남녀의 행위를 말하는 거냐고 묻자 아슈라프는 고개를 끄덕이며 코르셋을 고정시킨 끈에 손을 댔다.

"그, 그건 곤란해요!"

당황한 엘레인은 끝을 풀려는 그에게 호소한다.

"시늉이라고는 하나, 의심을 사지 않을 정도로 진지하게 접근해야 하지 않겠소?"

그는 작은 소리로 속삭였다.

"하지만 옷을 벗는 건 곤란해요."

엘레인은 아슈라프와 똑같이 작은 소리로, 자신은 아직 미혼이며 다른 사람 앞에서 알몸을 보인 적이 없다고 호소했다.

"남자가 처음이라……."

그의 혼잣말에 엘레인은 뺨에 홍조를 띠며 고개를 끄덕였다. 그 모습을 본 아슈라프는 눈썹을 슬쩍 올리며 고개를 끄덕이더니,

"하지만 왕비가 되는 의식을 거부한다면 그대의 목숨은 없소. 왕의 하맘에 검을 지니고 침입한 자이니 극형은 피할 수 없을 것이오. 우리나라의 최고형은 말[馬]에 의한 사지절단이라오."

그것은 알몸으로 네 필의 말에 손발을 묶고 말을 사방으로 달리게 하는 형벌이라고 했다.

"세상에……."

지금 당장 알몸을 보이는 것보다 남세스러운 꼴로 무시무시한 일을 당하게 된다. 형벌의 내용을 상상한 엘레인은 얼굴이 굳었다.

"저는 아무 잘못도 하지 않았어요. 검도 당신이 부적이라며 주기에 지니고 있었을 뿐인걸요."

"그건 알고 있소. 하지만 다른 자들은 납득하지 않을 거요. 검을 지니고 침입한 외국인을 아무런 문책도 없이 풀어

주게 되면 감시 담당자들이 책임을 지고 처형당하게 될 것이오."

그렇게 말한 아슈라프는 엘레인의 얼굴을 들여다보듯 자신의 얼굴을 들이댔다.

"실은…… 나도 그대가 유괴 당했다는 말을 모두 믿지는 않소. 그 검은 분명 짐이 전한 것이 맞지만, 바자르에서 길을 잃은 척하며 계획적으로 접근하여 이렇듯 기회를 노린 것일지도 모르니 말이오."

등골이 오싹해질 만큼 서늘한 눈빛으로 말한다.

"저를 의심하는 건가요? 너무해요!"

엘레인은 아슈라프에게 비난의 시선을 보내며 따졌다.

"나도 그대가 나를 죽이러 왔다고는 생각하고 싶지 않소. 한때라고는 하나 함께 바자르에서 즐거운 시간을 보냈으니 말이오. 그러니 그대가 왕비의 의식을 받아들여 내게 모든 것을 드러낸다면 믿을 수가 있을 것이오."

아슈라프는 조금 전까지 짓던 엄한 표정이 아닌, 괴로운 표정으로 호소했다.

"아슈라프……."

"부탁이오. 그대를 믿게 해주시오."

그의 절실한 시선에 엘레인의 가슴속이 죄어들었다. 자신은 자객이 아니며, 바자르에서의 만남과 후궁을 벗어나려 지하도를 헤매다 하맘에 들어간 것도 모두 우연이었다.

그 사실을 아슈라프가 반드시 믿어주길 바랐다.

“의식을 받아들이면 믿어줄 건가요?”

“물론이오. 저 커다란 문 너머에는 수행원이 왕비 의식이 끝나기를 기다리고 있소. 정식으로 짐의 왕비가 됐음이 인정되면, 악의를 가지고 이곳에 침입한 것이 아니라 나를 만나러 왔다고 납득할 것이오.”

따라서 그에 걸맞은 의식을 치러야 한다. 아슈라프는 문 쪽을 바라보며 작은 소리로 설명했다.

“아, 알겠어요…….”

그의 진지한 표정과 말에, 엘레인은 수치심을 견디고 받아들이기로 결심했다.

“그럼 계속하겠소.”

다시 한 번 코르셋에 달린 끈에 손을 댄다.

“저, 전부 벗나요?”

코르셋의 끈을 풀기 시작한 아슈라프에게 질문한다.

“본래대로라면 여성은 하맘에 들어오기 전에 전부 벗어야 한다오.”

그는, 왕의 하맘에 입장하는 여성은 알몸이어야 한다고 설명했다.

‘아아, 부끄러워!’

아슈라프의 손에 코르셋과 파니에, 그리고 그 아래에 있던 드로워즈까지 벗겨지자 극심한 수치심에 사로잡혔다.

하맘에는 수증기가 가득했지만 이렇게 가까이에 있으면 모든 것이 보인다.

"부탁이에요. 보지 말아요."

얼굴이 새빨개진 엘레인은, 위에서 바라보는 아슈라프에게 부탁했다. 손으로 감추고 싶지만 아직 마비가 다 풀리지 않았다.

"보지 않으면 할 수가 없소. 그렇게 부끄러워할 필요는 없다오. 하얀 피부와 풍만한 가슴, 핑크빛 유두. 지금껏 짐이 본 여성 중에서도 가장 아름다운 몸이니 말이오."

"그, 그렇게 많은 여성의 몸을 보셨나요?"

그의 말이 마음에 걸려 붉어진 얼굴로 바라보았다.

"짐은 후궁에서 나고 자란 몸이오. 태어나서 지금까지 줄곧 여성에게 둘러싸여 살고 있다오."

아슈라프가 탐탁지 않은 표정으로 대답했다.

'후궁……. 그래. 이 사람은 왕이었지.'

자신이 왕자의 후궁에 들어간 것을 생각한다면, 왕인 아슈라프도 후궁에서 태어났으니 이상할 것은 없었다. 바자르에서도 이곳에서도 아슈라프가 여성에게 자연스레 대하는 것은 여성 경험이 풍부하기 때문일 것이다.

그렇지만 엘레인이 들어간 곳과 같은 화려한 후궁에서 여성들에게 둘러싸인 아슈라프를 상상하자 왠지 기분이 상했다.

하지만 불쾌함을 느낀 건 한순간뿐이었다. 아슈라프가 가까이에 있는 나무에서 잎을 꺾는 모습을 보자 의식이 그쪽으로 쏠렸다.

그가 손에 든 것은 손바닥 모양의 커다란 잎이었다. 그는 엄지만큼 굵은 잎의 줄기를 쥐고, 석대 옆에 있는 물이 흐르는 도랑에 그 이파리 부분을 담갔다.

"그건 뭐하시려고요?"

젖은 잎을 엘레인의 머리 위에서 들고 있는 아슈라프에게 묻는다.

"우선은 정화 의식을 거행하겠소. 성스러운 물에 담근 잎으로 온몸의 불결함을 씻어내는 게 그 시작이라오."

물방울이 뚝뚝 떨어지는 잎이 엘레인의 얼굴을 살포시 덮었다.

'차가워…….'

하맘 안에는 후끈한 열기가 충만했기에 젖은 잎의 차가운 감촉이 기분 좋게 느껴진다.

신기하게도 얼굴이 덮이자 부끄러움이 조금 완화되었다.

"이 물은 우리나라에서 가장 오래된 용수장(湧水場)에서 끌어온 물인데, 심신을 정화하는 힘을 갖고 있소. 물은 우리나라의 상징이기도 하다오. 사막 한가운데에 있는 샤미아프가 풍요로운 나라로 번성할 수 있었던 것은 풍부하게 솟아난 이 물 덕분이라오."

'풍요로운 나라라는 말에는 동의해.'

처음으로 발을 들인 후궁의 호화로운 건축과, 제공된 식사의 양과 화려함은 시선을 잡아끌었다. 이곳 하맘도 건물 안에 정글이 조성되어 있다.

"하지만 물만으로 나라가 풍요로워지나요?"

"상인들은 교역을 위해 동서로 빈번하게 드나든다오. 사막을 넘는 최단 루트를 취하려면 이곳을 통과해야만 한다오. 그들이 남기고 간 돈과 동서의 물자를 획득함으로써, 샤미아프는 사막지대에서도 일이 위를 다투는 부를 얻을 수 있었소."

아슈라프는 그렇게 설명하며 엘레인의 얼굴을 덮고 있던 잎을 천천히 목 쪽으로 끌고 간다.

"히……익."

까슬까슬한 이파리 끝이 목덜미에 닿자 간지러웠다.

"조금만 참으시오."

젖은 잎은 엘레인의 목에서 가슴으로 이동한다. 잎은 마치 등산이라도 하듯 둥그렇고 풍만한 가슴을 타고 올라간다.

"으…… 읏."

잎맥이 유두를 문지르는 감각에 저릿함이 느껴졌다.

'왜, 왠지…….'

손발은 마비가 되었음에도 살갗은 민감해서, 가슴에 닿

은 잎의 감촉이 분명하게 전해졌다. 커다란 잎이 가슴을 폭 덮고, 잎맥이 두드러진 잎의 뒷면으로 문지르듯 쓰다듬어지자 간지러워 참을 수가 없었다.

아슈라프는 눈썹 한 올 움직이지 않은 채 진지한 표정으로 젖은 잎을 움직였기에, 간지럽다고 호소하는 것은 경솔하게 느껴져 필사적으로 참는다.

까슬까슬한 이파리 끝이 지난 자리에 유두가 모습을 드러낸다.

그러자 조금 전까지 작고 부드럽던 엘레인의 유두가 봉긋 솟아올라 존재감을 드러내고 있었다.

'시…… 싫어.'

잎을 문지르던 자극에 반응한 모양이다. 빛깔도 살짝 붉어졌고 잎에서 떨어진 물방울로 촉촉하게 빛나고 있다.

솟아오른 유두가 부끄러워,

"싫어요."

무심결에 소리를 내고 말았다.

"조용히."

곧 신성한 의식이라고 주의를 받아, 죄송하다며 입을 다물었다. 하지만 잎이 명치에서 배꼽을 지나자 간지러움을 참지 못하고 몸부림치고 말았다.

'아아…… 그런 곳까지.'

잎이 하복부에서 사타구니로 내려가자 곤혹스러웠다.

이제 그만 멈추기를 바랐지만 헛된 바람이었다. 이윽고 젖은 잎은 금빛 수풀에 도달했다.

다리를 오므리고 있었기 때문에 엘레인의 소중한 그곳을 보거나 잎으로 문지르지는 않았지만, 누구에게도 보인 적 없는 은밀한 수풀이 공개되고 그곳을 잎으로 문질러지는 수치심은 이루 말할 수 없었다.

잎이 사타구니를 지나 대퇴부와 무릎을 통과하여 간지러움의 정점인 발바닥까지 문질렀을 때는,

"히이이익! 간지러워요."

소리를 내지 않을 수가 없었다.

"이곳은 참기 어렵겠지."

아슈라프가 쓴웃음을 지으며 발에서 잎을 뗀다. 드디어 끝이 났다는 생각에 안도했다.

하지만 그것은 한순간이었다…….

새로운 잎을 꺾고 물에 담근 뒤 다시 한 번 엘레인의 얼굴을 덮었다.

"저, 저기, 두 번이나 하나요?"

잎이 얼굴에서 목으로 이동하여 얼굴이 드러나자 엘레인은 서둘러 질문했다.

"달수와 마찬가지로 열두 번을 한다오."

아슈라프가 적신 잎을 움직이며 대답한다.

"뭐라고요! 그렇게나 많이! 으윽……!"

놀란 목소리는 유두를 문지르는 잎의 자극에 빼앗겼다. 첫 번째보다 조금 더 큰 잎은 잎맥이 분명해서인지 유두를 지날 때의 자극이 강했다.

게다가 솟아오르며 민감해져 있었기에 조금 전보다 강력한 감각이 등줄기를 타고 전해진다.

"싫어……요……."

엘레인은 그만두라며 고개를 저었다.

"아직 두 장째거늘."

"하, 하지만, 너무, 부끄러…… 워요……."

거칠어진 숨소리로 호소했다.

"그렇군……. 본래대로라면 시녀가 정화시키는 것이 정식 방법이니 누군가를 부르도록 하겠소."

아슈라프가 한숨 섞인 목소리로 말한다.

"누군가를요?"

"남은 정화 의식은 시녀에게 시키겠소."

"저기, 그, 그건 곤란해요!"

아슈라프만으로도 이토록 부끄러운데 누군가가 추가된다는 건 말도 안 된다며 거절했다.

"그렇다면 이대로 계속하겠소?"

아슈라프는 시녀를 부른다면 형식적으로 끝나지 않게 될 것이라 중얼거리며 세 장째의 잎을 꺾었다.

"으…… 읏."

세 장째 잎은 유두를 더욱 자극했다. 끈적끈적한 열기를 머금은 연분홍빛이었던 그곳이 또 다시 물들어간다.

'아아, 부끄러워.'

물방울이 맺힌 하얀 피부와 촉촉하게 빛나는 붉은 유두가 요염하게 보인다. 솟아오른 유두를 문지르자 엘레인이 몸부림쳤다. 그녀가 느끼고 있다는 사실을 아슈라프도 눈치챘을 터였다.

그렇게 생각하자 수치심은 한층 커졌다.

네 장, 다섯 장을 지나 열 장째가 되자, 마치 하얀 유방 위에 붉게 익은 열매 두 개를 얹어 놓은 것 같았다.

'왜…… 이렇게 된 거지?'

젖은 잎으로 문질렀을 뿐인데 거세고 음란한 열기가 전신으로 퍼진다. 유두에서 이런 느낌이 든 것은 처음이었다.

유두뿐만 아니라 명치와 하복부, 대퇴부와 종아리를 문질러도 느껴졌다. 간지럽기만 하던 발바닥도 저릿저릿한 감각이 더해졌다.

"하아…… 아아…… 음."

참을 수 없어 목소리가 새어 나온다. 열한 장째의 잎이 지나가자 움찔움찔하던 몸이 크게 반응한다.

"이게 마지막이라오."

'아아…… 조금만 더…….'

조금 더 유두를 자극해 주길 바랐다. 잎이 지나간 자리에

전해진 쾌감에 몸이 더욱 자극을 원했다.

하지만 그것은 대단히 천박한 짓임을 금세 깨닫는다.

'아, 안 돼. 그런 생각을 해선 안 돼!'

마음속으로 스스로를 질책한다.

이걸로 의식은 끝이 나니 안도해야 할 상황이다. 그렇게 스스로를 다스려 보려 했지만…….

부끄러운 의식은 아직 끝이 아니었다.

열두 장째의 잎을 손에서 놓은 아슈라프가 엘레인의 양 발에 손을 댄다.

"무슨 짓을? 꺄, 꺄악!"

그는 그녀의 양 무릎을 세운 채 좌우로 벌렸다. 다른 사람에게 보인 적 없는 엘레인의 소중한 비부(秘部)가 훤히 드러난다.

"다음은 이곳이오."

경악하는 엘레인에게 그렇게 고한 아슈라프는 작은 잎을 꺾어 물에 담근다.

"그건……."

더 이상은 싫다며 벌어진 무릎을 오므리려 다리에 힘을 주었다. 마비가 완전히 풀리지 않았기에 속도는 느렸지만 어쨌든 양 무릎이 붙었다.

하지만,

"오므리면 안 되오."

아슈라프는 조금 엄한 말투로 꾸짖으며 다시 무릎을 벌리려 했다.

"하, 하지만 이러시면 곤란해요."

"처형당해도 상관없소? 죽고 싶다면 당장 그만두겠소."

"그, 그건 싫어요."

아직 죽고 싶지 않다며 고개를 젓는다.

"그렇다면 얌전히 짐의 말에 따르도록 하시오."

그는 미간을 찌푸리며 날카로운 시선으로 엘레인을 노려봤다. 아슈라프의 기백이 넘치는 눈에 압도된 듯 무릎에 힘이 풀린다.

'아아, 싫어…….'

알몸으로 대리석 위에 누워 가랑이를 벌린 천박한 모습이었다.

부끄러운 나머지 겨우 움직일 수 있게 된 손으로 달아오른 얼굴을 덮는다. 이런 모습으로 무얼 하려는 걸까 생각하던 그때,

"히익!"

비부에 차갑고 축축한 무언가가 닿았다. 얼굴을 덮은 손가락 사이로 볼 것도 없이, 그것이 젖은 잎이라는 것을 알았다.

'아아아…….'

비부에서 전해지는 차가운 감촉에 수치심이 커진다.

다른 때 같았으면 깜짝 놀라 무릎을 오므렸을 것이 틀림없다. 다행인지 불행인지, 다리의 마비가 완전히 풀리지 않아 천박한 모습을 유지하고 있다.

"그것도…… 의식인가요?"

꺼져가는 목소리로 아슈라프에게 물었다.

"이곳을 정화하는 것이 가장 중요한 의식이라오."

아슈라프의 손이 꽃잎을 닦듯 비부에 댄 잎을 살며시 움직인다.

"아아아앗."

유두를 문지를 때보다도 강렬한 자극이 전해졌다.

"여기, 느껴지시오?"

아슈라프는 소리를 지르며 몸을 떠는 엘레인에게 질문했다. 끓어 넘칠 것 같은 수치심에 휩싸여 무심결에 고개를 저었다.

"느껴지지 않는다? 이 잎이 젖은 것은 물 때문만은 아닌 것 같은데……."

그가 비부를 닦은 잎을 엘레인의 면전에 대고 고개를 갸웃거린다. 잎의 뒷면은 물과는 다른 점도의 이슬로 빛나고 있었다. 경험이 부족한 엘레인이지만 그 이슬이 꽃잎에서 배어 나온 것임은 알 수 있었다.

"싫어요……. 부끄러워요."

손으로 얼굴을 가리며 호소했다.

"아아, 그래서 솔직하게 말하지 못하는군. 정말 처음인가 보오."

아슈라프가 지금까지의 엄격한 말투와는 다른, 미소 띤 목소리로 말했다.

"처, 처음이에요……. 이런……."

유괴당하여 낯선 이국의 왕자가 사는 후궁에 들어오게 된 것도 모자라, 이런 곳에서 굴욕을 맛보고 있다.

자신의 상황을 생각하자 엘레인의 코끝이 찡해졌다.

"흐…… 윽."

눈 주위가 뜨거워진다.

'나는…….'

손가락을 적신 눈물 때문에 자신이 울고 있다는 사실을 깨달았다. 그러자 지금껏 꿋꿋이 지켜왔던 긴장의 끈이 풀어져, 눈물과 함께 오열이 터졌다.

"흑, 아아, 으으…… 윽."

이런 식으로 운 건 아버지가 돌아가신 뒤로 처음이다. 엘레인은 아버지의 장례식 때 이 세상에 유일하게 남은 해밀턴 가문의 사람으로서 정신 똑바로 차려야 한다고, 앞으로는 강한 인간이 되자고 결심했기 때문에 그 이후로는 운 적이 없었다.

"으……. 윽…… 흑……."

하지만 지금은 눈물이 멈추지 않는다. 얼굴을 덮고 훌쩍이는 엘레인의 손에 아슈라프의 손이 닿았다.
"울지 마시오."
얼굴을 덮은 엘레인의 손을 살며시 떼어낸다.
"하지만……."
"내게 맡기면 괜찮소."
그리고 다정한 목소리로 말하며 엘레인의 얼굴을 들여다보았다.
"아……."
아슈라프의 눈동자가 엘레인을 똑바로 내려다보고 있다. 눈물 때문에 흐리게 보이지만, 기다란 속눈썹 아래 장식한 흑요석과도 같은 그의 눈동자는 아름다웠다.
미려한 얼굴이 다가온다.
"울고 있는 그대도 매력적이지만 웃는 얼굴이 더 예쁘다오."
아슈라프가 엘레인을 달래듯 눈꼬리에 부드럽게 입술을 댔다.
"아……."
"게다가 이건 기뻐해야 할 의식이니 울면 안 되오."
입술을 떼고 혀로 눈물을 닦으며 말한다.
"하지만…… 두려워요."
"두려워할 것 없소. 몸과 마음을 내게 맡기시오. 기뻐하기는 어렵더라도 꿈이라고 생각하고 받아들이면 괜찮을 것이오.”

다정하게 속삭인 뒤 이번에는 목덜미에 입술을 댔다. 지금껏 엘레인을 향했던 차갑고 오만한 말투와 태도가 아닌, 황홀하리만큼 달콤한 목소리였다.

안도감이 밀려와 몸에 힘을 빼자 입술이 목덜미에서 쇄골로 내려간다.

“아앗.”

혀로 살갗을 핥자 저릿저릿했다.

그리고…….

“거긴……!”

유방을 가볍게 쥐자 눈이 휘둥그레졌다.

“아름다운 모양이군. 크기도 이상적이야.”

엘레인의 양쪽 가슴을 천천히 애무하기 시작했다.

“아…….”

아슈라프의 손이 엘레인의 가슴을 감싸고 음란하게 애무한다. 그 광경을 보자 부끄러움에 두근거림이 더해졌다.

“이곳, 아직 솟아 있군.”

그의 손 사이에서 한층 더 붉어진 유두가 얼굴을 빼꼼 드러냈다. 조금 전 이파리 때문에 젖은 유두는 하맘의 수증기 때문에 마르지 않은 채 음란하게 빛나고 있었다.

아슈라프가 그 경박한 상태를 강조하듯 가슴을 쥐는 것에 그만두라고 말하려 했지만,

"히익!"

아슈라프가 오른쪽 유방에 입을 맞추자 거부의 목소리가 절규로 바뀌었다.

"아, 아앙."

가볍게 입술 사이에 끼고 혀로 유두의 정점을 핥았다. 음란한 열기가 전해져 엘레인은 몸부림쳤다.

"하, 핥는 것은……."

엄습한 감각에 곤혹스러워하며 소리쳤다.

"말로는 싫다고 하면서 가슴을 젖히고 있소."

아슈라프가 웃음을 머금은 목소리로 말하며 다시 한 번 유두를 핥는다.

"그, 그런 짓은…… 아아앗."

엘레인은 그렇지 않다고 대답하면서도, 아슈라프의 입술에 가슴을 내미는 듯한 자세를 취했다.

'어째서?'

아슈라프가 가슴을 애무하며 유두를 핥자 머릿속이 마비되는 아찔함을 느낀다.

그가 입술 사이에서 유두를 굴리며 핥은 뒤 빨아들이자 저릿저릿한 쾌감이 전해진다.

"솔직하게 느낀다고 말해보시오."

고개를 들자, 아슈라프는 엘레인의 유방을 쥔 채 검지로 단단하게 솟은 유두를 찌르고 있었다.

"아, 으읏, 그런, 부, 부끄러운 말은, 못해요."

엘레인은 몸부림치며 고개를 저었다.

"부끄러워도 말해주시오. 바깥에서 들릴 정도의 큰소리로 말이오."

콕콕 찌르던 유두를, 이번에는 손가락으로 뱅글뱅글 돌린다.

"꺄아아악."

한층 강력한 쾌감이 전해졌다.

"어, 어째서…… 말하지 않으면, 안 되나…… 아아앗, 그러지 마세요."

검지와 엄지로 잡고 비비자 더욱 강한 자극이 덮친다. 이런 감각을 경험한 적이 없으니 부끄러워서 견딜 수가 없었다.

엘레인은 이제 조금 움직일 수 있게 된 손으로 아슈라프의 팔을 잡으며 그만하라는 신호를 보냈다.

"말하지 않으면 밖에 있는 자들이 내가 그대를 왕비로 삼고 있는 건지 아닌 건지 확인할 수가 없소. 수상해하며 또다시 이곳으로 발을 들여놓아도 괜찮소?"

"그, 그건 싫어요."

그런 모습을 보일 수는 없다. 할 수 없이 그를 잡고 있던 손을 놓았다.

"그래야지."

아슈라프가 다시 한 번 엘레인의 가슴에 입을 맞추며 살며시 옆구리를 쓰다듬는다.

"하…… 거긴, 간지러워……요."

옆구리를 문지르듯 쓰다듬던 손이 하복부로 스윽 이동했다. 그곳도 간지럽다고 말하려던 순간, 손끝이 가랑이 사이로 향하는 것을 깨닫고,

"무, 무슨 짓을 하려는 거죠?"

설마 하며 묻는다.

"그대의 이곳, 부드럽소. 아직 소녀 같구려."

아슈라프의 손이 금빛 털로 살며시 뒤덮인 그곳을 문질렀다.

"앗."

"자, 그럼, 소중한 그곳은 어떨까?"

엘레인의 다리를 더욱 벌리고 비부에 손을 뻗는다.

"안쪽도 연분홍빛으로 아름답군."

포피를 젖히자 꽃술이 드러났다.

"싫어요! 그러지 마세…… 하읏."

그만두라며 그의 팔을 잡으려 했지만 꽃술이 잡히자 그 자극으로 말과 움직임을 빼앗겼다.

"이곳에 닿은 남자는 짐이 처음이오?"

"아앗, 그, 그래요. 아, 안 돼요, 그런…… 어째서……."

저릿저릿한 자극이 전해졌다. 그곳을 만지면 강렬한 쾌

감이 온몸에 전해진다는 사실을 처음으로 깨달았다.

“이곳도 빛깔이 아름답소.”

꽃술에 달라붙은 손가락이 그 아래에 있던 꽃잎을 더듬는다. 오싹한 쾌감이 등줄기에 퍼졌다.

“아아앗, 뜨거워요.”

손가락이 꽃술에서 항문까지 왕복하자, 열기를 동반한 자극이 끝없이 계속된다.

“아, 아읏, 크윽, 후우, 음.”

참아보려 해도 경박한 신음이 새어나왔다.

“좋은 소리로군. 이곳도 알맞게 젖어들었소.”

“네? 젖다니? 아아앗.”

사타구니에서 꿀이 배어 나왔다는 뜻이었다.

열다섯 살 때 가정교사로부터 결혼에 대해 배운 적이 있었다. 소중한 부분에 남성을 받아들이기 전에, 그곳을 느끼는 의식을 거행하여 적시는 법까지도.

따라서 자신이 보이는 이 반응의 의미를 알고 있었던 엘레인은 수치심에 몸이 굳었다.

“안쪽은 어떠려나?”

‘안쪽?’

이해할 수 없는 말이 들렸다. 하지만 이내 그가 꿀에 젖은 꽃잎을 열고 손가락을 집어넣자 그 뜻을 이해할 수 있었다.

“아, 안 돼요. 넣으면 안 돼요.”

황급히 제지한다.

“벌써 들어갔다오. 손가락밖에 넣지 않을 테니 안심하시오.”

아슈라프가 약속을 다짐하며 축축한 꿀단지에 기다란 손가락을 넣었다.

소중한 부분에 남성의 손가락이 들어간다. 순결을 지켜온 정숙한 여인에게 있어서는 한탄할 만한 일이었다.

하지만 꿀단지 속을 헤집는 손가락은 지금까지와는 다른 쾌감을 이끌어냈다.

“하아, 하아아앗, 읏, 아앗.”

음란한 신음을 내며 몸을 비틀었다.

“감도가 좋군.”

꿀단지에서 손가락을 뺀 아슈라프는 엘레인의 양 무릎을 들어 올린다.

“힉, 무, 무슨 짓을!”

사타구니가 천장을 향할 정도로 몸이 접히자 엘레인의 부끄러운 그곳이 훤히 드러났다.

“이러지 마세요.”

형용할 수 없을 만큼 부끄러운 모습에, 참다못한 엘레인은 눈을 꼭 감았다.

부끄러운 자세로 있기를 한동안, 미끌미끌한 감촉이 전해졌다.

'꺄악.'

깜짝 놀라 눈을 뜨자, 손가락보다 두껍고 뜨거운 봉 끝이 엘레인의 사타구니를 문지르고 있는 모습이 보였다.

"그건……."

"괜찮소. 넣지 않을 것이오. 이렇게 시늉만 할 거라오."

아슈라프는 허리를 움직이며 엘레인의 꽃잎을, 항문에서 꽃술까지 뜨거운 봉으로 문질렀다.

"음하, 아앗. 그, 그런, 하지만, 아아아앗."

소중한 부분을 남성이 문지르다니, 아무리 시늉이지만 있을 수 없는 일이다.

하지만 뜨거운 봉이 사타구니를 문지르자 전해지는 쾌감에는, 신경을 휘감는 아찔함이 있었다.

문지를 때마다 머릿속에 고동이 울린다.

"아, 아슈라프……."

"왜 그러시오?"

"뭔가, 이, 이상한 느낌이…… 아아아."

무심결에 아슈라프의 목덜미에 매달린다.

"꿀이 점점 더 많이 나오기에 느끼고 있는 줄 알았소만?"

아슈라프가 허리를 움직일 때마다 꿀단지에서 찰박찰박 물소리가 났다.

규칙적인 리듬으로 문지르자, 물소리와 함께 엘레인의 허리 안쪽에서 음란한 열기가 발산된다.

쾌감의 열기에 머릿속이 마비되어 미쳐 버릴 것 같았다.

"아슈라프, 저는, 어떻게 하면 좋을지, 모르겠어요."

"모르겠다? 실컷 느끼면 되오. 자, 좀 더 소리를 내시오."

그가 음란하게 허리를 흔들며 말한다.

"하아, 하아, 하아, 아아, 이, 이제, 안 되겠어요."

알 수 없는 자신의 상태에 혼란스러웠다.

"걱정 마시오. 그럼 함께 가봅시다."

엘레인의 가슴에 몸을 밀착시킨 아슈라프가 묻는다.

"가다니요? 어, 어디에? ……음, 하아."

헐떡대며 되물었다.

"쾌감의 절정에."

허리를 흔드는 속도가 빨라진다.

가슴을 함께 문지르자 더욱 강력한 쾌감이 밀려들었다.

"히아아아아앗, 으아아아앗."

머릿속이 새하얘지고 온몸에 경련이 일어난다.

아슈라프의 말대로 감각의 절정을 뛰어넘은 느낌이 들었다.

그리고 거의 동시에 복부에 거센 열기를 느꼈다.

'이건…… 혹시…….'

아슈라프의 열기를 복부에 받아들이며, 엘레인은 절정에 이르렀다.

4장

인기척에 눈을 떴다.

'저것은…….'

눈꺼풀을 들어 올린 엘레인의 눈에 희미하게 천장이 들어온다. 하얀 천장에 초록색 꽃 모양이 양각으로 새겨져 있었고, 한가운데에는 파란색을 기초로 한 모자이크 타일이 아라베스크 양식으로 붙어 있었다.

반짝이는 타일은 밖에서 들어오는 빛에 반사되어 무척 아름답다.

'그러고 보니 나, 유괴되어 왕자님의 후궁에 들어오게 됐었지.'

아직 그곳에 갇혀 있는 건가? 풀이 죽어 천장을 바라보았다.

'어라?'

하지만 자세히 보니 후궁의 천장과는 모양이 다르다. 누워 있는 침대도 세 배쯤 더 넓다. 침대를 덮은, 얇은 비단 캐노피의 빛깔도 달랐다.

엘레인 자신 또한 영국에서부터 줄곧 입고 자고 있던 코르셋과 드로워즈가 아니라, 가슴에 주름이 잡힌 하얀색 명주 소재의 네글리제를 입고 있다.

이곳이 어디인지 의아해하며 몸을 일으켰을 때,

"엘레인?"

남성의 목소리가 이름을 불러 깜짝 놀랐다. 그것이 누구인지는 목소리가 난 쪽을 보기도 전에 알 수 있었다.

"아슈라프……."

시녀로 보이는 나이 든 여인이 광택이 나는 직물로 만든 기다란 옷을 그에게 입혀주는 중이었다. 그 모습을 본 순간, 어제저녁 자신에게 일어난 일이 모두 기억났다.

'나는 저 사람에게…….'

수상한 자로 오해받아 처형당하고 싶지 않았기에 아슈라프의 비(妃)가 되는 시늉을 하며 의식을 받아들였다. 하지만 형식적이라던 의식에서 제법 음란하고 농후한 일을 당한 것이다.

'그런 곳에서 나는 대체…….'

아슈라프에게 민감한 곳을 애무당하여 황홀해하며, 마지막에는 절정에 이르렀다.

그의 뜨거운 봉이 비부를 문질렀고, 그의 뜨거운 비말(飛沫)을 복부에 받아들인 사실까지 떠올리자 수치심에 얼굴이 화끈거렸다.

순결은 지켰지만, 순진한 엘레인에게는 제법 자극적인 행위였다.

그토록 부끄러운 일이 차라리 꿈이었으면 싶던 엘레인의 귀에, 시녀에게 물러가라고 말하는 아슈라프의 목소리가 들렸다.

'아…….'

시녀가 방 밖으로 나감과 동시에 아슈라프가 이쪽으로 걸어온다.

"잘 잤소?"

그가 캐노피를 걷어 올리며 물었다.

옷깃을 여민 기다란 복장 위로, 옷깃에서 옷자락에 이르는 소맷부리의 가장자리를 두툼한 금색 천으로 장식한 웃옷을 두르고 있다. 머리에는 보랏빛 보석이 빛나는 묵직한 황금 링을 쓰고 있었다.

바자르에서 처음 만났을 때는 아랍의 유복하고 미려한 청년이라는 인상이었지만, 지금의 아슈라프에게는 젊은 왕이라는 위엄이 느껴진다.

자신의 늠름함에 압도된 엘레인을 본 아슈라프는 부드럽게 미소 지었다.

"푹 잔 모양이구려. 어젯밤에는 많은 일이 있어 피곤했소? 이곳은 왕궁전(王宮殿) 안에 있는 짐의 침실이니 얼마든지 편히 쉬도록 하시오."

부드러운 목소리로 알려준다.

하지만 엘레인에게 그 말은, 그 음란한 의식이 꿈이 아닌 현실이었음을 깨닫게 할 뿐이었기에 반갑지 않았다.

"피곤해서……. 저, 저는…… 당신에게 그런 짓까지 당할 줄은 몰랐어요. 왕비의 의식을 받는 시늉만 하겠다고 말해놓고……."

새빨간 얼굴로 비난의 시선을 보내자, 아슈라프의 미소가 사그라졌다.

"그대를 구하기 위해서는 그 방법밖에 없었소."

"당신은 왕이잖아요?"

명령만 내린다면 엘레인 한 사람쯤이야 쉽게 구할 수 있지 않느냐고 다그친다.

"왕이기 때문에 마음대로 행동할 수 없소. 어제 그 상황에서 확실한 이유도 없이 침입자를 용서한다면 경호를 맡은 자들의 사기가 저하될 것이오. 그들을 납득시키고 다시 담당 구역으로 돌아가게 하기 위해서는 그대를 왕비로 맞이할 수밖에 없었소."

아슈라프는 곤란해하며 눈을 내리깔고 잠긴 목소리로 사정을 설명했다. 아슈라프 역시 그녀를 쉽게 구해주지 못하여 괴로워했음이 느껴진다.

"그랬군요……. 알겠어요. 하지만 어제 있었던 일은 더 이상 말하지 말아요. 아무튼 지금 당장 저를 이 나라에서 내보내 줄래요? 이스탄불로 돌아가든지 인도로 갈 수 있었으면 해요."

그 일은 마음속에 묻어두고 없었던 셈 치자. 인도로 가서 새로운 생활을 하다 보면 잊힐 것이라고 스스로에게 되뇐다.

하지만…….

"이 나라에서 나가겠다? 그대는 짐의 비가 되지 않았소?"

아슈라프는 엘레인의 요청이 의외라는 듯 고개를 들고 눈을 동그랗게 떴다.

"비라니……. 그건 저를 구해주기 위한 거짓 의식이었잖아요?"

"어제는 갑작스러워서 서로 마음의 준비가 되지 않았기에 그런 방법을 취했지만, 거짓일지언정 신성한 장소에서 정을 통하였으니 그대는 정식으로 짐의 비가 되었소."

당연하다는 표정으로 대답했다.

"정을 통하다니…… 관계를 맺지는 않았는데……."

잊으려 했던 음란한 의식이 머릿속에 떠올라, 뺨을 붉게 물들이며 말한다.

"그곳에서 접촉하며 신의 영역에 올랐으니, 그대와 육체적으로 이어지지는 않았지만 의미는 있소."

"하, 하지만……."

"그대는 짐의 비가 되기보다 인도에 가고 싶소?"

아슈라프는 자신을 곤혹스러운 표정으로 올려다보는 엘레인이 이해가 되지 않는다는 듯 물었다.

"아, 네. 그래요."

"이곳 샤미아프의 국토는 좁지만 이웃 제국들 중 가장 풍요롭다오. 이곳에서 왕비로서 생활한다면 일할 필요도 없을 뿐더러 사치를 부릴 수도 있소. 원하는 물건은 뭐든 마련해 드리리다. 보석, 드레스, 전 세계의 맛있는 음식, 샤미아프에서 손에 넣지 못할 것은 없다오. 물론 그대의 의사에 반하는 행위도 하지 않겠소."

그러니 굳이 인도까지 가서 일할 필요가 없지 않느냐며 당연하다는 듯 말한다.

"그래도…… 싫어요."

사막 한가운데에 있는 후궁에 갇힌 채, 수많은 왕비 중 하나로 살아가는 생활이 행복하다고 할 수 있을까? 아슈라프가 아무리 멋진 사람이고, 그 얼마나 사치를 부릴 수 있다 해도 서로에게 단 하나의 존재가 되지 못하는 관계는 싫다.

"이곳 풍습을 따를 수는 없어요. 왕비가 되어 풍족한 생활을 한다 해도 행복해질 수는 없을 거예요."

"행복해질 수 없다……?"

엘레인의 거절에 아슈라프는 눈을 동그랗게 뜨고 깜짝 놀란 표정으로 바라봤다. 왕비가 되라는 말을 거절당할 줄은 상상도 못 했던 모양이다.

"그렇군……."

그는 낙담한 듯 한숨을 쉬었다.

"그러고 보니 이스탄불의 바자르에서도 자립하고 싶다고 했었지. 그대의 마음을 알겠소. 허나 지금 당장 그대를 출국시키기는 어렵소."

"어째서죠?"

"우리나라에서는 여성의 출국을 엄격하게 제한하고 있기 때문에 허가증이 없이는 출국할 수 없다오."

과거 샤미아프를 방문한 상인이 국내의 여성을 속인 뒤 인신매매를 위해 출국시키려던 게 발각된 이후 도입된 시스템이라고 한다.

"입국은 간단하지만 출국할 때는 허가증이 필요하다오. 외국인이 아내를 동반하여 샤미아프에 입국할 경우, 입국에 앞서 출국허가증을 신청해야 하오."

만약 허가증 없이 입국하게 되면 샤미아프 국내에서 출국허가증을 신청해야 한다. 그러려면 신청료가 필요한데, 보증금의 의미가 포함되어 있기에 제법 고액이라고 설명했다.

"……제게 돈은 없어요."

유괴당했을 때 짐과 소지금의 대부분을 도둑맞았다. 웃옷 주머니에 꿰매둔 비상금이 남아 있긴 했지만 그 돈을 쓴다면 인도에 갈 수 없게 된다.

곤혹스러운 표정으로 고개를 숙인 엘레인에게 아슈라프는 '알겠소' 라고 중얼거렸다.

"그럼 이렇게 합시다. 당분간 짐의 비로서 행동해 준다면 출국 허가증을 발행해 주겠소."

그의 제안에 고개를 든다.

"하지만 허가증은 대단히 고액이잖아요?"

"짐은 이 나라의 왕이니 허가증 한 장쯤 손에 넣는 것은 일도 아니오. 다만 맞아들인 지 얼마 되지 않은 왕비가 도망간다면 짐의 체면이 서지 않으니, 그대에게 교환 조건을 내걸고 당분간 왕비로서 있어 주길 바라는 것이오. 이곳에서 여러 날 보낸 뒤에는 다음 왕비를 들인다는 명목으로 그대를 출국시켜도 주위에서 이상하게 보지 않을 것이오."

아슈라프는 다음 왕비를 들이기 위해 이전의 왕비를 멀리하는 일은 이 근방에서 드물지 않은 풍습이라고 말했다.

"그, 그렇군요."

다음 왕비를 들이기 전까지 쓰고 버리는 물건이라는 듯한 뉘앙스가 느껴져 불쾌해졌다. 하지만,

"출국 허가증과 함께 인도행 배에도 태워주겠소."

그는 바라지도 않던 좋은 조건을 덧붙였다. 그것만으로 인도에 갈 수 있다면 며칠 동안 이곳에서 왕비 행세를 해도 좋겠다고 생각했다.

"알겠어요."

엘레인은 그렇게 당분간 아슈라프의 비로 지내기를 승낙했다.

아슈라프가 왕의 업무를 보기 위해 왕궁에 인접한 정무원(政務院)으로 향하고 난 뒤 세 명의 시녀가 한꺼번에 들어왔다.

모두들 머리에 색색의 스카프를 두르고 작업복처럼 보이는 연지색의 기다란 옷을 입고 있다. 맨 앞에 서 있던 키가 크고 나이 든 여성이 엘레인에게 예를 표했다. 조금 전 아슈라프에게 웃옷을 입혀주던 시녀였다.

"저는 시녀장(長)인 아마나입니다. 왕궁전에 있는 시녀들을 총괄하고 있습니다."

아마나가 가슴을 펴고 말하자 곁에 있던 뚱뚱하고 나이 든 여성이 걸어 나왔다.

"저는 준비를 담당할 바스마에요."

커다란 몸을 흔들며 포동포동한 만면에 미소를 띠며 엘레인에게 인사한다. 신비한 색기(色氣)가 느껴지는 매력적인 여성이다.

"저는 하미다에요. 바스마와 마찬가지로 준비 담당이랍니다."

바스마의 뒤에서 또 한 명의 나이 든 여성이 얼굴을 내밀었다. 그녀는 작은 체구와 커다란 눈을 갖고 있었으며 잔소리가 심할 것 같은 분위기를 풍겼다.

"앞으로는 저희들이 엘레인 왕비님을 모시겠습니다."

아마나가 주름진 얼굴로 빙긋 웃자, 이유는 알 수 없지만 다른 두 사람도 기분 좋게 웃었다.

"그, 그렇군요. 잘 부탁드려요……."

엘레인은 그녀들의 미소에 압도당하여 덩달아 인사했다.

"그럼 저쪽에 있는 준비실에서 옷을 갈아입으시죠."

바스마가 침실 너머에 있는 방을 가리킨다.

"옷을요? 아아, 그래요……."

엘레인이 지금 입고 있는 하얀 명주 소재의 얇고 보잘것없는 잠옷을 내려다보니, 이래서야 침실 밖으로 나갈 수 없음을 깨달았다. 앞에서는 아마나의 손에 끌리고, 뒤에서는 바스마의 두툼한 손에 밀려 옆방으로 건너갔다.

'굉장하다.'

준비실 벽에는 가장자리가 호화롭게 장식된 타원형 거울 한 쌍이 박혀 있었고, 그 사이에 나전 세공 테이블과 다리에 금색 덩굴이 감긴 의자가 놓여 있다. 테이블의 서랍과 수납장의 문에도 공들인 장식이 되어 있어 방 전체가 반짝거렸다.

"오늘은 우선 이 옷을 입으세요."

작은 체구의 하미다가 까치발을 하고 연보랏빛 드레스를 치켜든다.

"네? 저기, 제가 입었던 드레스는요?"

준비실을 둘러봐도 엘레인이 입고 있었던 드레스는 보이지 않는다.

"어제 입으셨던 유럽풍 드레스는 찢어졌기 때문에 속옷과 함께 세탁 담당자가 갖고 갔습니다."

수선하고 세탁하기까지 시간이 걸릴 것이라고 했다.

"세탁……."

유괴를 당하고부터 줄곧 입고 있었으니 더럽기는 할 것이다. 하지만 코르셋과 드로워즈가 없다는 말을 들으니 곤혹스럽다.

"엘레인님께서는 왕비가 되신 것이니 샤미아프의 옷을 입어 보시지요."

"이 드레스는 프랑스에서 천을 공수하여 샤미아프 제일

의 장인이 만들었습니다."

바스마와 하미다의 권유에,

"알겠어요……."

어쩔 수 없이 승낙하자,

"그럼 실례하겠습니다!"

순식간에 잠옷이 벗겨지며, 샤미아프의 고귀한 여성이 사용한다는 비단 속옷과 연보랏빛 드레스가 입혀졌다.

드레스는 어깨끈을 묶는 타입으로, 옷자락이 길고 허리가 잘록한 아랍식이었다. 위쪽에는 작은 보석이 잔뜩 달려 있어, 천장 유리를 통해 들어오는 빛을 받아 반짝반짝 빛났다.

"노출이 너무 심한 거 아닌가요?"

가슴에서 하복부까지의 천이 시폰처럼 비치는 소재였기 때문에 가까이에 있는 사람의 눈에는 배꼽이 보일 것 같았다. 옷자락이 발목까지 닿는 치마 부분도 깊게 트여 있어, 보폭이 크면 다리가 훤히 드러날 것이다.

"아니요, 그 정도는 보통이죠."

바스마가 당황한 엘레인에게 목걸이를 걸어주며 대답한다.

"하지만 이 복장으로는 부끄러워서 돌아다닐 수가 없어요."

"이 복장은 왕궁 전용입니다. 외부인이 알현하러 왔을

때나 외출하실 때는 전용 드레스와 왕비님 전용 천을 덮어 쓰게 되므로 얼굴 이외에는 보이지 않습니다. 염려 마십시오."

옷을 갈아입는 모습을 감독하듯 바라보던 아마나가 말했다.

"앞으로 왕비님의 깔끔한 머리카락과 아름다운 드레스 차림을 아미르 이외의 남성이 볼 일은 없겠지요."

바스마는 그렇게 말하며 엘레인의 머리에 장식을 꽂는다.

"이렇게 아름다운 왕비님을 독점할 수 있는 아미르가 부럽습니다."

하미다가 넋을 잃고 바라봤다.

"아름다운 왕비님은 영원히 아미르만의 것이니까요."

아마나가 고개를 끄덕인다.

'영원하지 않아요. 아슈라프의 소유물로 사는 건 제가 이곳에 있을 동안만이거든요.'

엘레인은 겉으로 드러내지 않고 마음속으로 반론했다. 그러자 아마나가 엘레인 앞에 앞코가 뾰족한 샌들을 놓았다. 보랏빛 보석이 V자로 박힌 우아한 장식이 된 것이었다.

"아름다워요."

발을 넣자 엘레인에게 꼭 맞았다.

"맞춘 것처럼 꼭 맞네요."

하미다가 감탄한다.

"저쪽으로 가시지요."

아마나가 방 밖을 가리켰다. 주름진 문이 열리자 그 앞에 외부 복도가 보인다. 다른 방으로 이동을 해야 하는 모양이다.

"알겠어요. ……꺄."

엘레인이 발을 디디자 얇은 비단 옷자락이 바람에 나부꼈다.

지금까지 입었던 여행용 드레스와는 달리, 천천히 걷지 않으면 옷자락이 말려 올라가는 것이다.

'걷기 힘들어…….'

가냘픈 샌들과 나부끼는 옷자락. 발을 디딜 때마다 머리카락에 꽂은 장식이 흔들린다. 이 얼마나 불편한 차림인가! 그렇게 생각하며 출구 가까이로 온 엘레인은 벽에 박혀 있던 대형 거울에 비친 자신의 모습을 보고 깜짝 놀랐다.

'……이게 나?'

틀어 올린 금발에 아름다운 머리 장식이 흔들렸고, 목걸이와 팔찌, 드레스에 박힌 보석이 고급스러운 빛을 발한다. 그 모습을 보고 아직 어머니가 살아 계시고 집도 유복하던 어린 시절, 크리스마스에 입었던 드레스를 떠올렸다.

하늘하늘 아름다운 드레스를 입을 수 있어 기뻤다. 그때 그 옷과는 모양도 재질도 전혀 다르지만, 비슷한 아름다움이 있었다.

'이곳을 떠나면 두 번 다시 이런 옷을 입을 일은 없을지도 몰라.'

그렇다면 이것도 나쁘지 않다며 생각을 고쳐먹는다.

"아름다우십니다."

거울을 보던 엘레인에게 아마나가 웃으며 말한다.

"아아, 저도 젊었다면 그런 드레스를 입어보고 싶네요."

바스마가 부러운 듯 소리를 높였다.

"너는 젊었을 때부터 체형이 그랬으니 무리야. 젊은 시절의 나라면 어울렸겠지만."

하미다가 비웃듯 눈썹을 올리며 바스마를 보았다.

"뭐라고? 그렇지 않아. 젊었을 때는 입을 수 있었어! 너야말로 빼빼 말랐으니 예나 지금이나 안 어울릴 테지."

바스마가 거칠게 콧김을 내뿜으며 하미다에게 말한다.

"뭐라고!"

하미다가 덤벼들 듯 무서운 얼굴로 바스마를 노려보았다.

"너희들은 대체 몇 년을 싸우는 거야? 얼른 정리나 해! 왕비님은 저쪽으로 가시죠. 이자들의 싸움은 늘 있는 일이니 신경 쓰지 마세요."

아마나가 두 사람을 꾸짖으며, 엘레인을 방 밖으로 안내했다.

'나이도 있는데 정정하시네.'

쿡쿡 웃으며 방 밖으로 걸음을 옮기자, 기둥에 아치형의 차양이 달린 회랑이 나타났다. 회랑은 장방형의 연못이 있는 광대한 정원을 둘러싸고 있었는데, 연못의 기다란 양쪽 면에 동일한 간격으로 배치된 분수가 활 모양 호선을 그리며 떨어지고 있다.

주위에는 독립된 석조 건물이 세워져 있었고, 회랑이 건물을 이으며 전체적으로 빙 둘러싸고 있었다.

모든 벽에 파란색을 기초로 한 아라베스크 모양 타일이 박혀 있으며, 하나의 동(棟)마다 금색으로 빛나는 둥근 지붕이 중앙에 얹혀 있다.

회랑의 하얀 기둥과 건물의 문에는 식물 조각이 되어 있어, 그야말로 아름다운 아랍의 궁전 그 자체였다.

복도를 걸어 안내받은 곳은, 파란색 외에 보라색 타일도 다수 사용된 우아하고 아름다운 건물의 입구였다.

"이곳은 왕비님의 궁전입니다. 평소에는 이곳에서 지내시면 됩니다."

도자기로 만들어진 서양식 인형과 동양식 항아리, 그리고 금과 은으로 만들어진 생활용품이 채워진 거실로 안내받는다. 아슈라프의 방도 화려했지만, 이곳 역시 그에 뒤지지 않게 호화롭다.

"조금 전 옷을 갈아입으셨던 곳은 아미르 전용 공간이

며, 앞으로는 왕비님의 건물에 있는 준비실을 이용하시면 됩니다. 아미르의 방보다 좁지만 이쪽에는 대형 거울이 설치되어 있기 때문에 본인의 모습을 잘 살필 수가 있습니다."

왕비의 궁전을 안내하던 아마나가 침실과 붙어 있다는 준비실을 바라보며 설명했다.

'저게 좁다고?'

분명 조금 전 있었던 곳보다는 좁지만, 여기서 보기에도 충분한 넓이다. 그 밖에도 왕비 전용 알현실과 목욕실, 지금 엘레인이 입고 있는 옷에 뒤지지 않을 정도로 호화로운 드레스가 빼곡히 들어찬 의상실 등을 안내받았다.

"유럽산 가구가 제법 있네요."

왕자의 후궁은 영국식 건물이었지만, 이곳은 아랍식 외견임에도 안쪽은 유럽식 인테리어로 꾸며져 있었다.

"이곳 샤미아프는 예부터 유럽과도 교역을 해왔습니다. 그와 관련하여 왕족의 영국 유학도 추진되었고, 양질의 문물을 다수 도입했지요."

"그렇군요."

"저쪽이 식당입니다. 식사 준비가 되어 있으니 가시죠."

아마나를 따라 비궁전(妃宮殿) 안쪽으로 들어갔다. 팔각형의 커다란 테이블이 설치된 식당으로 안내받는다.

테이블 앞에 앉자, 아마나보다 젊은 시녀가 식사 담당이라 자신을 소개하며 고개를 숙였다. 젊다고는 하나 오십 세는 족히 넘어 보인다.

"양이 많네요."

테이블 위에는, 도저히 혼자 먹을 수 없을 정도의 음식이 올라와 있었다. 왕자의 후궁에서도 대량의 음식이 제공됐었지만 이번에는 그때보다 몇 배 더 많은 양이다.

'이 나라는 정말로 풍요롭구나.'

사막 한가운데의 낙원일지도 모른다고 생각했다.

오후가 되자, 아슈라프가 정무원에서 돌아오고 있다는 연락을 받았다.

"왕비님께서는 이쪽에서 맞이해 주십시오."

아마나에게 지시를 받는다. 시녀들은 왕궁전의 입구에 정렬하고, 왕비는 왕실 앞에서 그를 맞이해야 하는 모양이다.

'왕이니까. 아, 문이 열렸다.'

왕궁의 대문으로 아슈라프가 들어왔다. 보랏빛 보석이 빛나는 헤드링을 쓰고, 똑같은 보석이 어깨에 붙어 있는 망토를 걸치고 있었다. 그가 회랑을 걸어가자 보석과 망토가 반짝반짝 빛나며 아슈라프의 미모를 부각시켰다.

"오호. 잘 어울리는군. 아름답소."

왕실 입구까지 온 그가 드레스 차림의 엘레인을 보고 미소를 지었다.

"감사합니다."

엘레인은 칭찬에 부끄러워 뺨을 붉히며 말했다.

"이것도 잘 어울릴 것이오."

아슈라프가 손에 들고 있던 물건을 내밀었다.

"금팔찌……. 제게 주시는 건가요?"

"그대의 눈 색깔과 똑같구려."

금으로 만들어진 그것은 바자르에서 아슈라프가 사주었던 팔찌와 비슷했다. 하지만 곳곳에 에메랄드로 보이는 초록색 보석이 박혀 있는 것으로 보아, 그것보다 훨씬 비쌀 것 같았다.

'앗…… 그러고 보니…….'

팔찌를 보자, 유괴 당했을 때 바자르에서 아슈라프에게 받은 선물을 도둑맞았다는 사실이 떠올랐다.

"죄송해요. 저, 바자르에서 당신께 받은 팔찌를 유괴당했을 때 잃어버렸어요."

아슈라프에게 사죄했다.

"사과하지 않아도 된다오. 일부러 그런 것이 아니라 사고였잖소. 게다가 짐이 멋대로 건넨 것이니 신경 쓸 필요는 없소. 그렇지. 우리나라에도 뛰어난 장인이 있으니, 좀 더 그대에게 어울리는 것을 만들라 해도 괜찮겠소?"

그가 엘레인의 왼팔에 팔찌를 채우며 묻는다.

"아, 네. 하지만 이건 고가의 물건이 아닌가요?"

묵직함이 느껴졌다. 아마 보석도 금도 진짜일 것이다.

"가격이 얼마더라? 바자르에서 샀던 것과 별반 다르지 않을 것이오. 그곳은 가격 흥정을 하지 않으면 제법 비싸니까."

그렇게 말한 아슈라프는 이것은 각별하게 지내는 상인에게 샀기 때문에 시세 그대로라며 웃었다.

"시세대로 샀다니……. 바자르에서 주신 물건은 진짜 금이었나요?"

"물론이오. 모조품으로는 그대의 아름다운 금발에 묻힐 테니 말이오."

빙긋 웃으며 대답한다.

"그렇다면 그 팔찌도 굉장히 비쌌겠군요. 맙소사, 그런 물건을 쉽게 받다니. 게다가 잃어버리기까지 하고."

엘레인은 기겁하며 양손으로 뺨을 감쌌다.

"신경 쓰지 마시오."

"하지만…… 정말 죄송해요."

고개를 숙이고 사죄의 말을 건넨다.

"사과하지 말래도. 기껏 새 팔찌를 선물했는데 그런 표정 짓지 마시오. 그대의 기뻐하는 얼굴이 보고 싶었건만."

아슈라프가 입을 삐죽 내밀었다.

"하지만 면목이 없어서……."

엘레인이 한층 더 풀이 죽어 딱한 얼굴로 변한다.

"잘 알았소. 그렇다면 사소한 보상을 받도록 하겠소. 그러니 사과는 이걸로 끝인 게요."

그러자 아슈라프가 엘레인에게 손바닥을 보이며 멈추라는 사인을 보냈다.

"보상이요?"

"정원에서 함께 애프터눈 티를 마십시다."

"네? 애프터눈 티라면 영국의 그?"

"맞소. 아아, 하지만 짐의 비 자격으로서 마시는 것이오. 아마나, 그리 준비해 주게나."

아슈라프의 명령에, 아마나를 필두로 한 시녀들이 우르르 준비하기 시작했다.

'비 자격으로서 마시다니?'

잘 알 수는 없었지만, 그것으로 자신의 잘못을 보상할 수만 있다면 상관없었다.

정원에는 중앙에 있는 연못을 둘러싸듯 남국의 수목이 심어져 있었다. 나무 사이의 오솔길을 지나자, 강철 격자로 만들어진 커다란 새장과도 같은 장소가 있었다. 격자에는 덩굴장미가 감겨 있어 마치 숨겨진 집 같았다.

새장 안에는 둥근 테이블이 놓여 있고, 반원형의 긴 의자가 테이블을 둘러싸고 있다. 식탁보가 씌워진 테이블 위에는 영국식 애프터눈 티가 준비되어 있었다.

아마나와 시녀들이 물러가자, 아슈라프는 조금 떨어져 앉은 엘레인의 팔을 잡으며,

"왕비이니 좀 더 가까이 오시오."

자신 쪽으로 끌어당겼다.

"아, 네."

부끄러워하며 그의 옆에 가까이 다가가 앉는다. 엘레인의 반응을 보며 웃음 짓는 그에게 홍차가 든 찻잔을 컵 받침에 받쳐 내밀었다.

"차 드세요."

"아, 고맙소."

백자(白磁)에 푸른 덩굴 모양이 그려진 컵을 받아 든다. 어딘가에서 본 적이 있는 모양이라고 생각하며 컵에 입을 대자, 홍차의 향긋함이 코를 간질였다.

'아…….'

입에 머금자 부드럽게 감도는 고급스러운 풍미와 순한 떫은맛이 입안에 퍼진다. 아버지의 공장이 순조롭게 돌아가던 시절에 자주 마셨던 고급 찻잎이다.

"맛있어요."

"식기도 찻잎도 모두 영국에서 들여온 것이오."

엘레인은 그의 말을 듣고 지금 들고 있는 컵이 영국의 유명한 가마에서 만들어진 고급 자기임을 알아챘다.

"아슈라프는 유럽풍, 아니, 영국풍을 좋아하는군요?"

왕궁의 곳곳에 영국의 물건이 눈에 띄었다.

"좋아하기도 하거니와 경의를 품고 있소. 유학 중에 무척 즐거운 시간을 보내며 좋은 것들을 많이 보고 배웠으니 말이오. 영국의 장점을 샤미아프에도 도입하고 싶다오."

"그래서 이 왕궁전의 가구와 생활용품을 영국풍 물건으로 들여놓으셨군요. 하지만 아랍풍 건물과 조금 맞지 않는 부분도 있네요. 이왕이면 왕자님의 후궁처럼 이 건물도 영국풍으로 지었으면 좋았을 텐데."

농담처럼 웃으며 한 말에 아슈라프의 표정이 어두워졌다.

"이 왕궁전을 만들 당시, 짐은 아직 왕이 아니었다오."

"그럼 이곳은 아버님께서 지으셨나요?"

"아니, 형이 지었소. ……이곳은 형인 사디드가 즉위했을 때 지어졌다오."

"형님이 계셨군요."

"그렇소. 아버님을 따라 이 년 전에 신의 품으로 돌아갔지요."

아슈라프의 대답에 그의 표정이 어두워진 이유를 알았다.

"함부로 여쭤봐서 죄송해요……."

"이 나라나 우리 왕가에 대해 그대에게 아무것도 가르쳐

주질 않았으니 사과할 건 없소. 앞으로 알아가면 된다오."

아슈라프는 그렇게 말하며 티 스탠드에 손을 뻗는다.

'앞으로 알아간다?'

가짜 왕비인데 알 필요가 있을까? 엘레인이 그렇게 생각하고 있을 때, 눈앞에 둥근 물체가 다가왔다.

티 스탠드 중간에 있던 과자였다.

"초콜릿은 좋아하시오?"

고개를 끄덕이자, 과자가 입가에 다가왔다. 무심결에 손으로 잡으려 하자,

"짐이 먹여주겠소. 그대는 아무것도 할 필요가 없소."

아슈라프가 엘레인의 손을 스윽 밀쳐낸다.

"아, 하지만."

"자, 입을 벌리시오. 이런 건 비에게만 할 수 있는 일이라오."

왕인 아슈라프는, 자신은 항상 다른 사람들이 시중을 들어주는 몸이기에 왕비와 단둘이 있을 때만큼은 마음대로 하고 싶다고 말했다.

"그러시다면……."

알겠다며 입을 벌리자, 작고 둥근 초콜릿이 혀 위에 얹혔다.

'아…… 앗!'

그의 손가락이 입술에 닿자 가슴이 두근거린다.

"어떻소?"

맛이 어떠냐는 질문에 우물거리며 붉은 얼굴을 끄덕인다.

"맛있소? 그럼 내게도 맛을 보게 해주시오."

그의 오른손이 엘레인의 뒤통수를 감고, 왼손이 턱을 들어 올렸다.

"저, 저기, 무슨? ……윽!"

놀라 있는 사이 급속히 얼굴이 가까워진다.

"이 애프터눈 티와 마찬가지로 가볍게 먹을 뿐이라오."

"먹는다? 무엇을요?"

"그대를……."

"네엣?! 읍……!"

아슈라프의 입술이 엘레인의 입술을 덮었다.

갑작스러운 입맞춤에 놀라 살짝 벌어진 엘레인의 입안에 그의 혀가 미끄러져 들어온다. 어제 하맘에서 첫 키스를 빼앗기긴 했지만 혀가 들어온 건 처음이었다.

"음…… 으…… 으읍."

아슈라프가 뒤통수를 누르고 있었기 때문에 입술을 뗄 수도, 말을 할 수도 없었다.

'왜 이런 짓을?'

입술을 빨아들이고 치열을 핥으며, 그는 마음껏 엘레인의 입안을 헤집었다.

초콜릿의 달콤함과 아슈라프의 혀의 감촉이 뒤섞여 마치 그의 혀가 초콜릿처럼 느껴질 무렵, 겨우 입술이 떨어졌다.

"무, 무슨 짓이시죠?"

"비와의 애프터눈 티를 즐기고 있소만."

아슈라프가 빙긋 웃으며 대답한다.

"이게요?"

"그렇소. 비의 입술과 혀로 맛을 보는 것이 최고로 맛있게 먹는 법이니 말이오."

"최고라니……."

말문이 막힌다.

"다음에는 이 구운 과자가 좋겠구려."

아슈라프가 쿠키를 베어 물고 엘레인의 입가로 가져온다.

"저, 저기."

"보상한다고 하지 않았소? 아니면 그건 거짓이었소?"

곁눈질로 물어보았다.

"거, 거짓말이 아니에요."

엘레인은 붉은 얼굴을 좌우로 저었다.

"그렇다면 이것을."

그가 쿠키를 내밀었다.

'어, 어쩔 수 없지.'

보상하겠다고 말한 건 엘레인이다. 잘 생각해 보면, 이곳

에서 평범하게 애프터눈 티를 마시는 것만으로는 보상이 될 리가 없었다.

키스도 처음이 아니니 이제 와서 소란을 피울 것도 없고, 받아들이는 데 큰 거부감도 없다. 앞으로는 각오하고 그가 원하는 대로 행동할 것을 결심한다.

"알겠어요."

승낙하고 쿠키를 입에 댔다. 바삭한 식감과 부드러운 달콤함이 입안에 퍼진다. 그리고 다시 한 번 아슈라프의 입술이 밀착되며, 그의 혀가 입안의 쿠키를 맛보기 시작했다.

두 번째는 놀라움보다 당혹감과 수치심이 강했지만, 순순히 그의 입맞춤을 받아들인다.

'왠지…… 멍해진다…….'

그의 혀와 자신의 혀가 얽히자 입안의 달콤함이 한층 강해지는 것 같았다. 의식이 몽롱해지고 몸이 뜨겁다.

"맛있군."

그의 속삭임에 작게 고개를 끄덕인다.

"다음으로 어떤 걸 맛볼까? 클로티드 크림(우유를 가열해서 만든 걸쭉한 크림)을 묻힌 스콘은 좋아하시오?"

"네……."

엘레인이 고개를 끄덕이자, 크림을 듬뿍 얹은 스콘이 다가온다.

"이런, 얼굴에 묻었군. 크림을 너무 많이 묻힌 모양이오."

아슈라프가 미안하다며 엘레인의 입가에 묻은 크림을 혀로 핥았다. 얼굴을 핥아지자 수치심과 함께 곰실곰실 간지러움이 느껴진다.

"가, 가끔은, 제가 먹여 드릴게요."

쟁반 위의 초콜릿을 집는다.

"그래, 좋소."

아슈라프가 엘레인이 내민 초콜릿을 덥석 삼킨다.

"맛있구려."

빛이 쏟아지듯 환한 미소를 띠며 말한다. 아슈라프의 아름다운 미소에 마음이 두근댄다.

"이스탄불에 가길 잘했지. 그대를 만나고, 이렇듯 맛있는 것을 잔뜩 손에 넣었으니 말이오."

아슈라프의 손이 케이크 스탠드의 과자와 주전자의 홍차를 가리켰다.

"이스탄불에는 자주 가시나요?"

"예전에는 빈번하게 다녔지만 왕이 된 뒤로는 처음이었소. 즉위한 직후에 왕이 나라를 비울 수는 없지 않겠소? 이번에는 비공식적으로 찾아갔으니 측근 말고는 몰랐지만 말이오."

"예전부터 많이 가보셨군요."

"그대와 만난 그 건물은 샤미아프 왕가의 별장으로 사용되는 곳이오. 그 정도로 빈번하게 다니고 있다오."

"그래서 바자르에 대해 잘 아셨던 거군요. 저는 외국에 간 게 처음이었어요."

"그럴 줄 알았소. 곱게 자란 아가씨인지 무방비 상태로 돌아다니는 모습이 위험하겠다고 그때도 생각했다오. 아니나 다를까 유괴를 당하질 않나."

키득키득 웃는다.

"너무하세요. 사실이긴 하지만……."

엘레인은 입을 삐죽 내밀고 고개를 숙였다.

"불황으로 아버지께서 돌아가시지만 않았어도, 평생 영국을 나올 일은 없었어요."

다정했던 아버지의 얼굴이 떠올라 침울하게 중얼거린다.

"부친께서 돌아가시는 바람에 많이 힘들었던 모양이오."

"네. 맞아요. 빚도 있었기 때문에 집과 토지를 모두 빼앗겼어요. 하지만 그런 건 아무래도 좋았어요. 아버지께서 살아만 계신다면 몇 번이고 재기할 수 있었을 테니까요."

"아버님을 사랑했군요."

"네. 일찍이 어머니를 여읜 제게 유일한 가족이었어요."

서서히 눈물이 번진다.

"가엾게도……. 짐도 가족을 잃었기에 그대의 마음을 잘 아오. 우리 둘 다 부모를 잃은 뒤 고생을 했구려."

그의 손이 다정하게 머리를 쓰다듬는다.

"아슈라프도 가족이 없나요?"

"다들 신의 곁으로 여행을 떠났지 뭐요. 하지만 짐에게는 샤미아프의 국민이라는, 지켜야 할 가족이 있으니 외롭지는 않소."

"당신은 긍정적인 사람이네요."

"한탄해 봤자 나아지는 건 없소. 그대도 이스탄불에서 그리 말하지 않았소?"

아슈라프가 엘레인의 얼굴을 들여다보며 묻는다.

"네. 맞아요. 잊고 있었네요……. 저는 자립하기 위해 나라를 떠났는걸요."

"맞소. 짐은 그대의 그 결의에 감동했다오."

"감동?"

"앞을 보고 힘차게 살아가려는 모습에, 짐도 지지 말아야겠다고 생각했소."

아슈라프의 말을 듣자, 울먹이던 자신의 모습이 부끄러워진다.

"아버지의 죽음을 한탄하기만 해서는 안 되겠지요."

정신 똑바로 차리자고 다짐하며 고개를 들었다.

"그대가 아버님을 잃고 영국을 떠난 것은 그대의 운명이었던 거라오."

"운명?"

"그렇소. 이스탄불에서 짐과 만나, 이곳에 오고 짐의 비가 될 운명.”

“하, 하지만 거짓 왕비인걸요.”

처형당하고 싶지 않기 때문에 왕비인 척하는 것이라고 마음속으로 중얼거린다.

“비로서 나와 함께하는 이 한때는 결코 거짓이 아니오. 약속은 아직 유효하지요?”

“네, 물론이죠. 그, 그럼 쿠키 좀 드세요.”

진짜 왕비처럼 애프터눈 티를 함께 하겠다는 약속을 떠올렸다. 아슈라프는 엘레인이 내민 쿠키를 아주 기쁜 표정으로 먹는다.

“평소보다 훨씬 맛이 있소.”

우물거리며 웃었다.

“기분 좋아 보이세요.”

“아름다운 그대의 손가락이 먹여주고 있으니, 그 행복에 정신을 잃을 것 같소.”

“어머. 아부가 능숙하시네요.”

엘레인도 큭큭 웃는다.

“아부가 아니오. 물론 이렇게 먹는 것도 좋아하지만.”

아슈라프의 얼굴이 다가온다.

“읍…….”

다시 한 번 키스를 했다.

다디단 키스.

'왜, 왠지 몸속이…….'

그와 키스를 나누자 몸속에서 열이 났다.

가슴의 고동이 빨라져, 두근대는 소리가 귓속에 울려 퍼진다.

멍해진 엘레인의 귀에,

"그대의 다른 부분도 맛보고 싶소."

아슈라프의 속삭임이 닿는다.

"다…… 른?"

게슴츠레한 눈으로 그를 보았다.

"여기라든지."

그의 손이 드레스 위로 살며시 가슴을 잡았다.

"그런 곳은……."

안 된다고 말하고 싶은데, 가벼운 애무만으로도 느껴지는 쾌감에 말을 잃는다.

"이 멋진 과자를 맛보고 싶소. 괜찮겠지요?"

천천히 애무하며 말한다.

"하…… 아……."

뜨거워진 몸은 작은 자극에도 반응했고 승낙과도 같은 한숨이 새어나왔다.

'지금은 왕비로서 함께하겠다고 약속했으니, 조금쯤은 괜찮겠지.'

엘레인은 그렇게 생각했다. 하지만 아슈라프의 능수능

란한 손가락이 드레스의 어깨끈을 풀려 하는 것을 깨닫고,

"자, 잠깐만요!"

황급히 그의 손을 저지한다.

"이, 이런 곳에서는 안 돼요. 바깥이고, 시녀들도 대기하고 있잖아요."

두 사람을 둘러싼 격자에는 덩굴장미가 휘감겨 있지만 틈새투성이다. 조금 떨어져 있다지만 금세 건너편에 대기하고 있는 아마나와 시녀들에게 들킬 것이다.

"그도 그렇군……."

아슈라프가 주변을 둘러보았다.

그리고 어느 한 점에 시선을 고정한 채 미간을 찌푸린 뒤, 티 스탠드 옆에 놓여 있던 과도에 손을 뻗었다.

"아슈라프?"

조용히 칼을 든 그의 이름을 부른다.

"방해꾼은 시녀들뿐만이 아닌 것 같군."

아슈라프가 쓴웃음을 지으며 손에 든 칼을 던졌다.

슈욱 하는 소리와 함께 무언가가 멀어지며 튀어 오른다.

"뭐, 뭐지?"

깜짝 놀라 그의 얼굴을 올려다보았다.

"아무것도 아니오. 뱀이 있었을 뿐이라오."

"뱀? 다기르?"

"그렇소. 우리를 엿보던 괘씸한 놈에게 벌을 내렸소. 다

기르의 독은 크게 위험하지는 않으나, 물려서 마비가 된다면 즐길 수가 없으니 말이오."

웃으며 말하던 아슈라프는 엘레인의 양쪽 겨드랑이와 양쪽 뒷무릎에 손을 넣어 안아 올렸다.

"꺅!"

깜짝 놀라 소리를 지르며 아슈라프에게 매달린다.

"짐의 침소로 갑시다. 그곳이라면 아무에게도 들키지 않을 테고, 뱀도 방해를 할 수 없다오."

"아, 네."

엘레인이 고개를 끄덕이자, 아슈라프는 새장을 벗어났다.

저편에서 대기하고 있던 시녀에게 뱀을 처리하라는 명령을 내린 그는 엘레인을 안은 채 아슈라프의 침실이 있는 건물로 향했다.

넓고 화려한 침대 위에 엘레인을 눕힌 아슈라프가 위에서 덮쳐왔다.

"아름답고 귀엽소."

어깨끈을 풀자 드러난 가슴을 애무하며 미려한 얼굴을 들이댄다.

"하아…… 그곳은, 과자가 아니에요."

유두에 입술을 댄 아슈라프에게 말한다.

"극상의 과자처럼 보인다오. 아주 맛있을 것 같소."

혀끝이 유방의 돌기에 닿았다.

"아, 아앗."

젖은 혀로 자극하자 저릿함에 목소리를 높인다.

"이렇게 귀여운 빛깔의 과자는, 영국 유학 중에도 본 적이 없구려."

뾰족한 혀끝으로 유두를 찌른다. 부드러웠던 그것은 혀로 찔리는 동안 단단하게 솟아올랐다.

"감도가 좋군. 이쪽은 어떨까?"

다른 한쪽의 유두를 빨아들인다.

"아아아앗!"

몸속에 근질근질한 쾌감이 느껴졌다.

"둘 다 맛이 있소."

뾰족한 혀끝으로 핥으며 입술을 밀착시켜 빨아들인다.

빨면 빨수록 엘레인의 유두는 민감해진다.

"하아…… 그만……. 그렇게 빨면…… 싫어요."

"싫다? 하지만 그대가 짐의 입술에 가슴을 대고 있소만."

침대에 누운 채, 어느새 등을 뒤로 젖힌 엘레인은 아슈라프의 입술에 자신의 유두를 대고 있었다.

어젯밤과 마찬가지로, 물고 빨리는 쾌감에 휩싸여 몸이 자연스레 움직이고 있다.

"싫어요. 부끄러워……요."

그의 말에 수치심이 느껴져 가슴을 양손으로 감쌌다.

"가슴의 과자는 이걸로 끝인가? 그럼 다음은 이곳을 맛보도록 하지."

커다란 손바닥이 스윽 복부를 쓰다듬어 내린다.

"네? 앗, 아읏!"

어깨끈이 풀린 드레스가 아슈라프의 손과 함께 밑으로 흘러내렸고, 그의 손은 그대로 엘레인이 입고 있던 작은 속옷 속으로 미끄러진다.

"그런 곳 안 돼…… 요, 윽."

그의 손끝이 엷은 금빛 숲을 헤집고 민감한 꽃술에 닿자, 엘레인은 저릿함에 등을 뒤로 젖혔다.

"여기도 맛있을 것 같소."

아슈라프가 손가락으로 꽃술을 문지른다.

"아, 히익, 그렇게, 하시면."

강렬한 쾌감의 자극이 등줄기를 타고 흘렀다.

"이렇게 하면?"

미소를 지으며 손가락으로 꽃술을 뱅글뱅글 돌린다.

"하앗! 느, 느끼고 말아…… 아앗."

손끝으로 꽃술을 음란하게 희롱하자 신음이 새어나왔다.

"어디가 느껴지시오?"

다시 한 번 엘레인의 유두에 입을 맞추며 아슈라프가 묻는다. 자신을 덮친 강렬한 쾌감에, 가슴을 덮고 있던 그녀의 손이 어느새 떨어져 있었다.

"아아, 어디냐니, 모, 몰라요…… 읏."

고개를 저으며 호소한다.

"그렇군. 짐도 어느 쪽이 맛있는지 모르겠소. 모두가 극상이오."

유두를 혀끝으로 굴리며 아슈라프의 손이 속옷과 함께 드레스를 주욱 내렸다.

'응?'

깜짝 놀라 고개를 든 엘레인의 눈에 벗겨진 드레스가 보인다.

"대, 대체, 무슨 짓을!"

장난쯤으로 생각하고 있었기 때문에, 알몸이 된 상황에 놀라 목소리를 높였다.

"맛만 볼 테니 염려 마시오."

양 무릎을 세우고 벌리니 엘레인의 비부가 드러난다.

"싫어요, 그런 곳은, 안 돼요, 아아아앗."

그는 재빨리 가랑이 사이에 얼굴을 묻고 꽃술에 입을 맞췄다.

"먹음직스럽게 솟아올랐구려."

포피를 제치고 진분홍빛 꽃술을 흡족하게 바라보았다.

"보, 보지 마세요, 부끄러워요."

"과자는 눈으로도 맛을 보는 법이라오. 하지만 이렇게 혀로 맛보는 게 제일이지."

아슈라프의 잘생긴 입술에서 나온 혀가, 민감한 꽃술을 핥았다.

"하아아앗."

엘레인은 찾아온 쾌감에 헐떡인다.

"좋은 반응이오. 이건 어떠려나?"

유두에 그랬던 것처럼 꽃술을 빨아들였다.

"꺄악, 아, 안 돼요, 느, 느끼고 말아요, 하아아앗."

등 전체가 튀어 오를 정도로 밀려오는 관능적 열기에 몸부림친다.

"엄청나게 맛있소. 아아, 꿀이 떨어지고 있다오."

"꿀……? 읏, 그곳은……."

그는 꽃술 아래에 있는 민감한 꽃잎을 손가락으로 더듬었다. 유두와 꽃술에서 생겨난 음란한 쾌감에 반응하여 안쪽에서 꿀이 배어 나오고 있음을 엘레인도 느꼈다.

"정말로 느끼고 있다는 증거로군. 이렇게 적시다니……."

꽃술부터 뒤에 있는 꽃봉오리까지 이어진 꽃잎을 손가락으로 더듬더듬 만진다.

"하아……. 하아…… 아."

민감한 곳을 더듬어지자, 머릿속이 마비될 듯한 쾌감이 느껴졌다. 호흡이 가빠지고, 경박하게 무릎이 벌어지며, 하복부가 떨린다.

"요염함에 참을 수가 없군. 흘러넘치는 이 꿀도 맛있을 것 같소."

아슈라프가 손가락의 움직임을 멈추고, 축축한 꽃잎에 얼굴을 들이댄다.

"아, 아아, 좋아……. 굉장해……."

의식은 수치심보다 쾌감에 지배되었다.

그의 혀가 주는 자극으로 온몸이 맥박 친다. 그가 빨아들이면 무언가가 정수리까지 치달아 오른다. 순진한 몸은 황홀한 자극을 탐욕스레 갈구한다.

"아, 아, 크윽, 흣, 아앗."

몸이 쾌감의 절정을 향해갔다. 어제의 경험으로 처음 알게 된 음란한 결말을 향해 몰아쳐 간다.

"느껴지시오?"

아슈라프가 비부에 묻었던 얼굴을 들고, 몸을 떨며 헐떡이는 엘레인에게 묻는다.

"음, 머, 멈추지 말아요……."

절정을 앞두고 멈춘 그에게 도리질을 해댄다.

"혼자서 절정을 맞지 마시오."

그의 손이 헐떡이며 호흡이 흐트러진 엘레인의 오른손을

잡고 무언가를 쥐어줬다.

뜨겁고 부드럽지만 딱딱하다.

'이건…….'

쳐다보지 않아도 그것이 아슈라프의 뜨거운 그곳임을 알 수 있었다.

그는 어느새 옷을 벗고 있었다. 균형 잡힌 근육질의 아름다운 가슴이 엘레인의 눈에 들어온다.

"쥔 채로 움직여 보시오."

낮고 매력적인 그의 목소리에,

"……이, 이렇게요?"

머뭇머뭇 손을 움직인다.

"그래……. 능숙해졌구려."

상을 주려는 듯 아슈라프의 손가락이 꽃술을 문질렀다.

"하아앗."

미끌미끌한 소리와 함께 손가락은 꿀단지 속으로 들어가기 시작한다.

"축축하고 뜨겁구려."

더듬더듬 기다란 손가락이 들어서자, 머릿속의 무언가가 불타오르는 듯한 쾌감이 느껴졌다.

"저도…… 뜨거워요……."

무심결에 손안의 뜨거운 그것을 쥔다.

"그래요, 그대로 움직여 보시오."

그녀의 손동작에 맞추어 엘레인의 꿀단지에 넣은 손가락을 위아래로 움직인다. 찰박찰박 물소리가 들린다.

"싫…… 어요……."

"싫다? 느껴지지 않소? 이렇게 축축한데."

젖었다는 사실을 확인시키듯, 꿀단지 속의 손가락을 일부러 크게 움직였다. 찰박찰박 커다란 물소리와 함께 강렬한 쾌감이 등줄기를 타고 전해진다.

"아아앗, 느, 느껴져요……. 부끄, 러워요…… 읏."

엘레인은 움찔움찔 경련하며 헐떡였다.

"윽, 굉장하군. 짐도 느껴지오……."

그의 손놀림에 맞추어 엘레인도 무의식중에 손에 쥔 그것을 훑었다. 꿀단지 속을 더듬는 쾌감은, 정신을 잃을 정도로 강렬하다.

"더 들어갈 수도 있을 것 같군."

드나드는 손가락이 늘어나자 쾌감은 더욱 커진다.

"윽, 아아…… 이제…… 못 참겠어요."

음란하게 허리를 흔들며, 다른 쪽 손으로 아슈라프의 다부진 가슴에 매달린다.

"짐도 그대의 손에 자극되어 견딜 수가 없소."

아슈라프가 넣지 않은 쪽의 손을 엘레인의 얼굴 옆에 대고, 한숨 섞인 속삭임을 내뱉는다. 그가 기뻐하는 얼굴을 보자 엘레인에게도 기쁨이 밀려왔다.

"저, 저…… 도."

훑던 손의 속도가 높아진다.

"아아, 굉장해. 그대의 손도 극상의 과자인 모양이오. 멋진 애프터눈 티를 선사해 주어 고맙소."

엘레인에게 입을 맞추고, 꿀단지 속 깊숙이 손가락을 넣는다. 동시에 엄지로 꽃술을 문지르자 그 자극에, 단숨에 쾌감의 절정에 다다랐다.

"으…… 읏, 으윽!"

쾌감의 극한에 다다른 엘레인의 교성이 아슈라프의 입속에 삼켜진다.

눈앞이 새빨개졌다.

오른쪽 손목과 옆구리 언저리에 느껴지는 열기가 그도 절정에 이르렀음을 알려준다.

"고맙소. 맛있었소. 그대를…… 진짜 비로 삼으면 좋을 텐데……."

의식이 멀어져 가는 엘레인의 귀에, 아슈라프의 속삭임이 들렸다.

5장

중정에 있는 대리석 의자에 앉아, 연못에 떨어지는 분수의 행렬을 바라보며 엘레인은 한숨을 쉬었다.

'나는 대체…….'

또다시 아슈라프와 당치도 않은 짓을 저지르고 말았다. 팔찌를 잃어버린 보상으로 애프터눈 티를 함께하기로 했을 뿐이었는데, 침대 위에서 음란하고 관능적인 짓을 한 것으로도 모자라 그와 함께 절정의 극한을 넘어서고 말았다.

머릿속으로는 안 된다는 사실을 알고 있으면서도, 그가 달콤한 속삭임과 함께 민감한 곳을 건드리면 저항하지 못한 채 휩쓸리고 만다.

최후의 선을 넘지는 않았지만, 그런 짓을 해서는 안 된다. 만약 인도에 있는 친척들이 알게 된다면, 부모님을 잃고 난잡해졌다며 혼이 날 것이다. 엘레인을 인도로 불러준 숙모는 비탄에 빠질지도 모른다.

무엇보다, 그의 손길이 싫지 않은 자신이 당황스러웠다.

아슈라프는 무척 다정하며, 그의 손이 이끌어내는 관능은 엘레인이 지금껏 경험해 본 적 없는 황홀함을 준다.

늠름하고 날렵한 미모에 미소를 띤 채 낮은 목소리로 속삭이면, 넋이 나가 거절할 수 없게 된다.

아름다운 궁전에서 아슈라프에게 사랑받는 생활은 꿈처럼 느껴졌다.

'하지만…… 그래서는 안 돼.'

그가 아무리 다정하고 엘레인을 사랑해 준대도 그것은 그녀가 거짓 왕비이기 때문일 뿐, 언젠가는 헤어져야 할 사이다. 그는 목숨을 부지하기 위해 왕비가 된 대가, 혹은 심심풀이 정도의 기분으로 엘레인에게 그런 짓을 하는 것이 분명했다.

하지만,

"그대를 진짜 비로 삼으면 좋을 텐데……."

절정의 끝에서 들렸던 그의 말을 떠올렸다.

'그건 나를, 진짜 비로 삼고 싶다는 뜻인가……?'

거짓이나 장난이 아닌, 진심으로 왕비로 삼고 싶다는 뜻인가? 만약 그렇다면 외국인인 자신이 왕비가 되는 것이다. 민족도 습관도 전혀 다른 왕비라니, 통상적으로 인정될 리가 없다. 하지만 유럽과의 교역이 번성한 데다 왕족을 영국으로 유학 보내고 있는 샤미아프라면 문제가 없을까?

실제로 엘레안이 거짓 왕비라는 사실은 아슈라프와 자신밖에 모르며, 다른 자들은 당연히 정식 왕비라고 생각하고 있다.

'내가 아슈라프의 비가 될 수 있을까?'

바자르에서 만났을 때부터 아슈라프에게는 두근거림을 느꼈다. 사랑하는 사람과 맺어지는 것이 행복이라고 생각하는 엘레인에게, 아슈라프는 조건에 적합할지도 모른다.

그렇게 생각한 뒤, 자신이 들어갔던 왕자의 후궁을 떠올리고는 움찔했다.

"그러고 보니……."

아슈라프에게는 후궁이 없을까? 왕궁에 인접한 비궁전은 엘레인 혼자 사용하고 있었으며 그 외에는 나이 든 시녀들밖에 없다.

하지만 갓 태어난 왕자에게도 후궁이 있으니, 왕인 아슈라프에게도 있다고 생각하는 게 당연할 것이다. 왕자보다도 크고 화려한 후궁에 많은 여성들이 있다 해도 이상할 것은 없다.

"맞아……. 분명히 있을 거야."

화려한 후궁에서, 트럭에서 만났던 파라프처럼 젊은 여성들에게 둘러싸인 아슈라프의 모습이 머릿속에 그려졌다.

"따, 딱히 상관없잖아. 그 사람은 이 나라의 왕이니까……."

당연한 일이라며, 떠오른 광경을 떨쳐내듯 고개를 좌우로 저었다. 동시에 조금 전 싹튼, 그의 진짜 비가 되는 것에 대한 생각도 사라졌다. 여러 왕비 중 한 사람이라는 것 따위, 엘레인에게 있어 진짜 왕비가 아니다.

'게다가, 애초에 시늉만 하기로 했으니까.'

아슈라프가 후궁을 갖고 있고, 그곳에서 어떻게 보내든 신경 쓸 일은 아니다. 엘레인은 처형을 피하기 위한 위장으로 왕비가 되었을 뿐, 그와는 아무 상관없는 사람인 것이다.

'그래. 그 사람과는 곧 헤어질 테고, 나는 인도에 갈 거야……. 진짜 왕비가 될 수 있을 리가 없어.'

다음부터는 그와 음란한 짓을 하지 말자, 만약 아슈라프의 손이 자신에게 닿더라도 단호히 거절하자고 마음속으로 다짐하며 일어선다.

"엘레인님. 무슨 일 있으십니까?"

연못 부근에서 대기하고 있던 시녀들이 기세 좋게 일어

선 엘레인에 놀라 일제히 이쪽을 바라봤다.

"무슨 문제라도 있으십니까?"

아마나가 엘레인에게 다가온다.

"아니요, 아무것도 아니에요……."

"그러십니까? 안색이 좋지 않으신 것 같은데 무슨 고민이라도?"

아마나가 엘레인의 얼굴을 들여다보며 물었다.

"제게 고민을 털어놓으면 후련해지실 겁니다."

뒤에 있던 바스마가 손바닥으로 자신의 가슴을 탁 친다.

"따…… 딱히……."

아무 일도 없다고 말하려 했지만,

"그러니까, 그게, ……아, 아슈라프의…… 후궁은 어디에 있나 싶어서요……."

결국 신경 쓰이는 일을 입 밖에 내고 말았다.

그러자 아마나가,

"아아, 그 때문이셨군요."

라며 납득한 표정을 짓는다.

"아미르의 후궁은 이 궁전의 북쪽에 따로 떨어져 있습니다."

그녀가 고개를 끄덕이며 대답했다.

"후궁이 북쪽에 있나요?"

정말 아슈라프의 후궁이 있다는 사실에 깜짝 놀랐다.

있는 것이 당연하고 있어도 딱히 상관없다고 생각했지만, 실제로 존재한다는 사실을 알게 되니 충격이었다.

왕궁전은 광대한 정원을 둘러싸고 미음(ㅁ) 자 모양으로 건설되어 있는데, 왕의 거처는 북쪽에 있으며 그 맞은편에 후궁이 있다는 뜻이 된다.

“아미르의 집무실 안쪽에 있는 통로를 통해 후궁으로 갈 수 있답니다.”

후궁은 아슈라프의 방과 직결되어 있으며, 통로에 설치된 문의 열쇠는 아미르만 소지하고 있다는 설명에, 조금 전 했던 상상이 뇌리에 되살아났다.

“그곳에는 왕자님의 후궁처럼, 마, 많은 여성들이 있나요?”

신경이 쓰여 질문하고 말았다.

엘레인의 질문에 아마나는 얼굴에 주름이 가득한 미소를 지었다.

“예전에는 있었지만 지금은 사용하지 않으십니다.”

아마나가 잘라 말했다.

“사용하지 않는다?”

놀라 되묻는다.

“그야 뭐. 영국에서 이렇게 아름다운 왕비님을 맞이하셨으니 후궁 따위 필요 없으시겠지요.”

옆에서 바스마가 웃으며 끼어들었다.

"네? 그러니까……."

"바스마! 왕비님을 놀리면 안 됩니다."

아마나가 미간을 찌푸리며 노려보았다. 바스마는 어깨를 움츠리고 죄송하다며 웃었다.

"예부터 이 나라에서는 왕궁의 북쪽에 후궁을 지었습니다. 하지만 선왕(先王) 때부터 후궁은 사용되지 않고 있습니다. 이 왕궁을 건설할 때도 불필요하다는 의견이 나왔지요. 하지만 오랫동안 이어진 관습을 단숨에 버린다면 반발이 일어날 것을 우려하여 건설만은 해두었답니다. 아슈라프님이 즉위하실 때도 후궁은 형식적으로 이어받으셨습니다."

선왕과 마찬가지로, 후궁으로서는 사용하지 않은 채 닫아두었다는 모양이다.

"어째서 사용하지 않게 되었죠?"

"유럽의 선진국과 어깨를 나란히 하기 위해서는, 낡은 관습인 후궁제도는 걸맞지 않다고 판단하신 모양입니다."

"하지만 왕자님께는 새로운 후궁을 지어주셨잖아요?"

자신이 들어갔던 곳을 떠올린다.

"그것은 별개입니다. 후궁은 명목일 뿐, 왕자님의 탄생을 알리는 것이 주요 목적이랍니다."

"그런데도 세계 각지의 여성들을 모았나요?"

"예부터 이 주변 지역에서는 후계자의 탄생을 알리기 위해 후궁의 여성들을 모집해 왔습니다. 하지만 그것뿐만이 아닙니다. 왕자님의 양육도 담당하고 있답니다."

그녀들은 왕자에게 다양한 나라의 언어와 습관을 가르치고 양육을 한다는 모양이다. 아슈라프도 후궁에서 자랐다고 했던 말을 떠올리자 수긍이 되었다.

"그럼 왕자님의 후궁에 있는 여성들은 양육 담당으로서 평생을 지내는 거군요."

"그렇지 않습니다. 왕자님께서 성인이 되어 양육 담당이 필요 없게 되면 후궁을 나가는 것이 허가됩니다. 원하는 곳에서 살 수 있도록 조치하기도 합니다."

샤미아프에 남든 고국으로 돌아가든 개인의 자유이며, 제법 큰 금액을 지급하므로 이후의 생활을 걱정할 필요도 없다고 한다.

"그런 고로, 전하의 비를 여럿 모았던 전통적인 후궁은 이 전전대까지만 사용되었습니다. 실은 저희들도 젊은 시절에는 전전대 아미르의 후궁에 있었죠."

"왕궁 전에는 후궁에서 일하셨나요?"

"아니요. 저희도 예전에는 후궁의 비였답니다."

바스마는 우후후 웃으며 거대한 몸을 흔들었다.

"그래요. 한 번도 왕래는 없었지만."

바스마가 아쉽다는 표정으로 중얼거린다.

"여러분도 왕자님의 후궁에 있던 여성들과 똑같은 후궁녀셨군요……."

나이 든 그녀들에게도 젊고 아름다운 시절이 있었음은 당연하지만, 지금의 모습밖에 모르는 엘레인에게는 상상의 범주 밖이었다.

"지금의 후궁녀와 당시의 비는 다릅니다. 전전대 아미르인 하미드님은 후궁에 여러 명의 비를 두던 오랜 풍습을 답습하셨기 때문에 모인 여성들은 모두 비였지요."

"지금 후궁에 모인 여성들은 신분이 낮은 후궁녀예요."

바스마는 그녀들이 비의 신분을 받지 못해 가엾다고 말했다.

"따라서 현 아미르의 왕비님은 엘레인님뿐입니다."

"그러니 염려 않으셔도 된답니다."

아마나의 설명에 바스마가 덧붙인다.

"여, 염려 같은 건 하지 않아요."

게다가 자신은 진짜 왕비가 아니라고 마음속으로 외친다.

'그나저나…… 후궁은 사용하지 않고 있구나.'

하지만 아슈라프가 후궁에 드나들지 않음에 안심했다.

'……앗! 왜 안심하는 거지? 따, 딱히 아슈라프에게 후궁이 있어도 상관없잖아?'

그는 왕이니까, 라며 안심한 자신을 마음속으로 꾸짖었다.

"왜 그러십니까?"

아마나가 수상쩍다는 듯 엘레인의 얼굴을 올려다보았다.

"아, 아무것도 아니에요. 슬슬 방으로 돌아갈까요?"

얼버무리려는 듯 걸어 나가자, 팔목에서 딸랑딸랑 소리가 들렸다.

"아……."

아슈라프가 선물한 팔찌에서 나는 소리였다. 진짜 황금에 수많은 보석이 박힌 세 줄의 팔찌에는 묵직함이 있었다.

"멋진 팔찌로군요."

엘레인이 들어 올린 팔찌를 보고 바스마는 눈을 가늘게 떴다.

"앞으로도 계속 받게 되실 겁니다. 아미르가 샤미아프의 보석상에 주문하여 왕비님께 어울릴 팔찌를 만들겠다고 하셨으니까요."

지금 차고 있는 팔찌보다 훨씬 멋진 팔찌로 만들라는 말을 들었다고, 아미나는 말했다.

'그것도 거절하는 게 좋겠다.'

보석을 싫어하지는 않지만 너무 비싼 물건은 마음이 불편하다. 거짓 왕비인 엘레인에게는 과분하다.

진짜 왕비가 된다면 괜찮겠지만 그것은 당치도 않은 이야기다. 자신은 인도에 갈 것이며, 아슈라프 역시 그녀를 구해주기 위함이지 좋아서 비로 삼은 것이 아니다.

'좋아하지 않는다…… 라.'

머릿속에 떠오른 말에 왠지 모를 슬픔이 느껴진다.

'어, 어째서 슬퍼지는 거야?'

스스로에게 딴죽을 걸었지만 짐작되는 이유가 있었다.

아슈라프가 다정하고 멋지기 때문이다.

엘레인이 부모님을 잃은 이야기를 듣자, 힘든 시간을 보낸 그녀를 위로하며 동정해 주었다. 그의 다정한 태도에 마음이 끌렸고 정에 얽매였다.

게다가 침대 위에서 달콤하게 속삭이며 다정하게 애무해 줄 때는 진짜 왕비가 되어 그에게 사랑받는 듯한 착각에 빠졌다.

'안 돼!'

자신의 마음을 질책했다. 그와는 헤어져야만 할 운명이다. 더 이상 그에게 끌려 음란한 짓을 해서는 안 된다며 주먹을 꽉 쥐고 다짐한다.

다음 날 아침.

아슈라프와 함께 아침 식사를 하게 되었다.

상판이 하얀 나선세공으로 장식된 커다란 원형 테이블 위에는 대형 접시에 담긴 음식이 즐비했다.

단둘이 먹기에는 너무 많은 아침 식사다. 점심과 저녁 식사에 비하면 적지만, 과하다 해도 좋을 정도의 양이다.

처음에는 다 먹을 수 있을까 싶었지만, 남은 음식은 시녀와 수행원들의 식사로 쓰인다고 들은 뒤에는 안심하고 먹을 수 있었다.

샤미아프의 전통적인 음식이 메인이지만 외국에서 들여온 식재료로 만든 음식도 있었다. 모두 다 먹음직스럽기 때문에, 왕궁에 갇혀 생활하는 엘레인에게 식사는 즐거운 시간이다.

"이건 뭐죠?"

바로 앞에 놓인 접시를 보고 질문한다. 하얀 크림처럼 생긴 것이 두툼하게 쌓여 있고 주위에는 빛깔 좋은 토마토와 레몬, 그리고 오이가 둘려 있었다.

"병아리 콩 페이스트입니다. 이 쿠브즈와 함께 드시기를 추천해 드립니다."

뒤로 물러나 있던 아마나가 설명해 주었다.

쿠브즈라는 것은 튀긴 빵과 비슷한 음식으로, 막대형과 삼각형 등 색과 모양이 다양하다. 아침 식탁에는 삼각형과 주먹만 한 원형의 두 종류가 올려졌다.

"다양한 페이스트가 있군."

쿠브즈와 마찬가지로, 식탁에는 매일 반드시 참깨나 마늘, 가지, 칠리소스 등을 페이스트 상태로 만든 음식이 나온다.

"좋아하는 것이 있소?"

맞은편에서 식사를 시작한 아슈라프가 물었다. 그는 삼각형의 쿠브즈에 칠리소스로 보이는 붉은 페이스트를 우아하게 바르고 있다.

왕족으로 나고 자란 사람다운 위엄을 유지하면서도 고상하게 식사를 하고 있다. 이곳의 예절을 잘 모르는 엘레인은, 긴장하며 쿠브즈에 손을 뻗는다.

"글쎄요. 지금까지 먹어본 것 중에는 어젯밤에 먹었던 참깨 페이스트가 가장 좋아요."

향긋해서 좋다고 대답하며, 쿠브즈에 바른 병아리 콩 페이스트를 입에 넣는다.

눈에 보이는 것처럼 부드럽고 가벼운 크림의 식감과 상큼한 레몬향이, 기름진 쿠브즈와 잘 어우러져 입안에 퍼졌다.

"참깨는 맛있지. 짐도 좋아한다오."

아슈라프가 고개를 끄덕인다.

"이 병아리 콩 페이스트도 맛있네요. 쿠브즈와 잘 어울려요."

"그거 다행이군. 케밥은 어떻소?"

저민 고기를 꼬치에 꽂아 구워낸 접시를 가리켰다.

"좋아요. 향신료 덕분에 향긋하네요."

꼬치를 손에 들고 향기를 맡으며 한입 베어 문다. 겉은 바삭하고 안은 부드러워서 씹는 순간 육즙이 배어 나왔다.

입안에 고기의 맛과 향신료의 향기가 퍼진다.

"음. 맛있어요. 고깃덩이로 만든 케밥보다 저민 고기를 뭉쳐서 구운 케밥이 더 낫네요. 먹기도 쉽고."

"케밥에는 이 샐러드가 잘 어울린다오."

"색 구성이 아름다운 샐러드네요. 뭐가 들어 있죠?"

"파슬리, 민트, 레몬과 함께 샤미아프의 특산물인 버섯을 올리브 오일에 버무렸습니다."

아마나가 작은 그릇에 덜며 대답한다.

"적당히 새콤해서 케밥과 잘 어울려요. 이것도 맛있네요."

직접 맛을 보니 썩 괜찮은 조합이어서 고개를 끄덕였다.

"그대는 참으로 맛있게 먹는구려."

"네? 그, 그래요?"

너무 게걸스럽게 먹어댄 것은 아닐까, 얼굴이 붉어진다.

"어제 애프터눈 티를 함께할 때도 맛있게 먹더군. 짐은 그대의 먹는 모습이 좋소."

"시, 싫어요. 그런 부끄러운 모습을 칭찬하지 마세요……."

붉어진 얼굴로 손사래를 친다.

"부끄러울 것 없소. 바자르에서 말린 과일을 먹는 모습도 예뻤다오. 먹는 것으로 그대를 이길 자는 아무도 없을 것이오."

"저, 정말, 그러실 거예요……? 모두 듣고 있잖아요."

곁에 서 있던 아마나 일행은 웃음을 참는지 어깨를 들썩이고 있었다.

"좋아하는 음식이나 먹고 싶은 음식을 말해주시오. 그대가 즐겁게 먹는 모습을 볼 수 있다면, 아무리 먼 곳의 식재료라도 공수해 오겠소."

아슈라프는 엘레인의 항의에도 아랑곳하지 않고 말한다.

"여기 있는 음식들은 전부 외부에서 들여온 식재료로 만드나요? 사막 한가운데에 있으니, 작물을 재배하기는 어렵겠지요?"

문득 떠오른 의문을 물어보았다. 어제 애프터눈 티와 함께 먹었던 샌드위치에도 정석대로 오이가 들어 있었음을 떠올렸다. 이 근방에서 오이를 구할 수 있을까?

"외부에서 들여온 건 그리 많지 않소. 이곳은 사막이기는 하지만 물이 풍부하기 때문에 비교적 다양한 작물을 풍부하게 얻을 수 있소. 향신료나 추운 지방에서만 얻을 수 있는 작물은 수입에 의존하고 있지만 말이오."

"그래요? 이렇게나 자급자족할 수 있다니 놀라워요."

눈을 동그랗게 뜨고 테이블을 둘러보았다.

"작물의 수확이 풍부해서 살이 찌는 것 아닐까?"

뒤에서 바스마가 중얼거리는 소리를 듣고, 엘레인과 아슈라프는 마주보며 웃었다.

"그렇지. 그대에게 샤미아프의 국토를 보여주겠소. 식사가 끝나면 왕도의 거리로 가보지 않겠소?"

"거리로 데려가 주실 건가요? 재미있겠네요!"

아슈라프가 정무원으로 가고 나면 시녀들과 이야기를 나누는 것 외에는 할 일이 없어 따분했다. 자신이 생활하고 있는 이 나라에 대해 좀 더 알고 싶었기 때문에, 엘레인은 아슈라프의 제안에 따랐다.

"그럼 준비를 하셔야겠군요."

아마나가 바스마에게 외출용 드레스 한 벌을 내오라고 명령했다.

"어떤 차를 타고 갈까?"

"차로 가나요?"

"데려갈 곳이 왕궁에서 조금 떨어져 있다오."

비치지 않는 재질의 외출용 옷을 입고 금사와 은사로 장식되어 빛나는 천을 머리에 두른 뒤, 엘레인은 왕궁의 주차장으로 갔다. 왕국의 남쪽에 있는 정원에 접한 주차장에는 크림색의 앞코가 긴 차가 세워져 있다.

엘레인에게도 익숙한 영국산 고급차량이었다. 집사가 차량의 문을 연 채 기다리고 있었다.

"멋진 차를 갖고 계시네요."

이미 뒷좌석에 탑승한 아슈라프의 옆에 앉으며 말한다.

"그대의 나라의 국왕 폐하와 동일한 차량이오."

아슈라프가 자랑스럽게 대답했다.

"어머, 조지 5세와 동일한 차량인가요? 멋져요. 저는 얼마 전까지만 해도 사막의 나라에는 낙타밖에 없는 줄 알았거든요."

"샤미아프에서는 얼마 전부터 석유를 채굴하게 되었기에, 가솔린으로 움직이는 이 차는 낙타보다 편리하다오. 그대의 나라에 비하면 차량 수는 적지만 말이오."

"맞아요. 저희 집에는 세 대의 차와 각각의 운전사가 있었던 적도 있어요. 그중 한 명이 아랍인이었죠."

차가 움직이기 시작했다. 엘레인은 차창 밖을 바라보았다.

"아랍의 어느 나라 사람이었소?"

"시나이 반도에서 왔다고 했어요."

차는 왕궁 안에 난 길을 달려, 수많은 아치를 빠져나갔다.

"아아, 그렇군. 그대의 말은 그 근방 부족의 억양이라오."

"어머, 그렇군요. 독특한 억양이 있는 줄 몰랐어요."

"아랍은 넓다오. 부족과 지역에 따라 차이가 있소. 그대의 나라도 그렇지 않소?"

"맞아요. 북부와 남부가 다르죠. 민족에 따라서는 말 자체가 다른걸요."

"그런 차이를 넘어 서로를 이해할 수 있는 관계를 구축하고 싶다오."

아슈라프가 엘레인을 똑바로 바라보며 말한다. 그의 기다란 속눈썹 아래에 있는 아름다운 눈동자는, 엘레인의 가슴을 고동치게 했다.

"아아. 그, 그렇군요. 좋은 마음가짐이네요."

'이해할 수 있는 관계라니, 나라와 나라 사이의 이야기겠지?'

마치 두 사람의 이야기라고 말하는 듯한 아슈라프의 시선에 당황했다.

"그, 그러고 보니, 그 옷은?"

아슈라프는 처음 만났을 때처럼 하얀 천을 머리에 둘렀으며, 하얗고 긴 옷을 입고 있다. 샤미아프에서 남성은 감색이나 회색, 진녹색을 입는 경우가 많고, 흰색은 거의 볼 수가 없었다.

"이건 변장이오. 왕으로서 가면 제한이 많고 호위병도 늘려야 하니, 남부의 부족으로 변장을 했소."

아슈라프가 장난기 가득한 미소를 지었다.

"그 복장도 잘 어울리세요."

왕궁에서 입는 화려한 왕의 복장도 멋지지만, 아슈라프의 미모가 돋보이는 심플한 하얀색 옷도 좋았다.

"그대의 외출복도 아름답소. 하지만 얼굴을 제외한 매력적인 부분을 감추고 있으니, 얼른 왕궁으로 돌아가서 벗기고 싶어지는구려."

"아슈라프도 참."

꾸짖는 듯한 눈으로 아슈라프를 바라보자 짓궂게 웃는다.

"아아, 맞다. 지금 가는 샤미아프의 왕도에는 중앙에 바자르가 있다오."

"이스탄불처럼요?"

"그곳처럼 크지는 않지만 시끌벅적하다오. 본래는 사막을 횡단하는 상인과 여행객을 위한 숙박업소가 늘어서 있던 곳인데, 장사꾼이 노점을 내기 시작하면서 어느새 바자르가 되었다고 전해지고 있소."

제법 오래된 곳인 모양이다.

"어떤 물품을 취급하나요?"

"곧 도착할 테니 직접 확인하시오. 입구가 보이는구려."

물빛 타일이 깔린 버섯 모양 지붕의 문 너머에 수많은 텐트가 늘어서 있다. 이스탄불처럼 석조 건물이 복잡하게 얽혀 있는 것이 아니라, 텐트로 구성된 거대한 노천 시장의 느낌이다.

"엄청 넓네요. 게다가 사람도 많아요."

차에서 내려 바자르 입구에 섰다. 남성뿐만 아니라, 색색의 천을 두른 여성도 드문드문 보였다.

"최근에는 해마다 외국에서 오는 상인들이 늘어 바자르도 점점 넓어지고 있다오."

"이곳은 여러 가게들이 뒤섞여 있군요."

이스탄불의 바자르는 동일한 물건을 다루는 가게가 구획별로 모여 있었지만, 이곳은 서로 다른 물건을 다루는 가게가 이어져 있다.

"가게가 이스탄불처럼 건물이라면 구획 정리도 용이하겠지만, 텐트 노점이 주류인 유목민 행상도 많으니 같은 물건끼리 정리하기가 어렵다오."

"그러고 보니 건물은 적네요."

아무리 둘러봐도 텐트 천지였고, 이따금 작은 오두막이 있는 정도다.

"모래바람이 심한 계절에는 텐트를 접고 피난해야 할 경우도 있으니, 움직이기 용이하게 해둬야 할 필요가 있소."

"그렇군요."

"일단 안으로 들어갑시다."

두 사람은 시장 안으로 발걸음을 옮겼다. 변장을 한 덕분인지 아무도 아슈라프에게 눈길을 주지 않았다. 굳이 꼽자면 엘레인 쪽이 더 시선을 끌었다. 얼굴만 내놓고 있었지만 이 지역 사람이 아님은 일목요연했기 때문이다.

하지만 이스탄불과 마찬가지로 바자르에 있는 사람들은 판매자도 구매자도 모두 각자의 일로 바빠서, 물끄러미 쳐다보거나 하는 일은 없었다.

엘레인 일행도 여유롭게 걸을 수는 없었다. 좁은 통로에는 등 위에 대량의 짐을 동여맨 낙타나 양, 염소를 끌며 걷는 사람들이 지나다닌다.

"저쪽이 더 걷기 쉽소."

아슈라프가 손을 끌었다.

커다란 그의 손이 엘레인의 손을 감싸 쥐자 안심이 되며 기쁨이 몰려온다. 처음 만났을 때도 이런 기분이었음을 떠올렸다.

"음식을 다루는 가게가 많네요."

포장마차에서는 케밥과 쿠브즈 등 왕궁에서 접했던 음식을 서민적으로 만든 것들을 판매하고 있었다.

"여행객이 이곳을 방문하는 목적 중 하나는 식사고, 왕도의 주민도 이곳에서 먹는 것이 집에서 만드는 것보다 낫기에 많이들 이용한다오."

"무슨 말씀인지 알겠어요."

이토록 음식이 풍부하다면 여행객이 아니라도 오고 싶어질 것이다.

"저쪽 끝에 있는 케밥은 이 바자르에서도 평판이 좋소. 맛을 보겠소?"

"먹어도 되나요?"

"물론이오. 그대가 맛있게 먹는 모습을 보고 싶어 이곳으로 데려왔다오."

"아슈라프도 참!"

아침에 있었던 일을 떠올리며 입을 삐죽 내밀었다.

"자, 갑시다."

뾰로통한 엘레인의 등을 민다. 그때,

"어라?"

발걸음을 향하려던 케밥 포장마차 쪽을 보고, 엘레인은 작게 소리치며 멈춰 섰다.

"왜 그러시오?"

아슈라프가 허리를 숙여 엘레인의 얼굴을 들여다보았다.

"저 텐트 앞에 있는 사람……."

엘레인이 케밥을 파는 사람과 진지한 얼굴로 이야기를 나누고 있는 거구의 남자를 가리킨다.

"저 남자가 무슨 문제라도 있소? 아, 저자는 후궁대부인 다즐이로군."

엘레인이 가리킨 방향을 보고, 아슈라프는 그곳에 있는 남자의 이름을 입에 올렸다.

"역시 맞군요."

"그러고 보니 그대는 왕자의 후궁에 들어가 있었으니 다즐과는 아는 사이겠구려."

"네. 유괴를 당했으니 돌려보내 달라고 몇 번이나 말했지만 들어주지 않았어요. 그래서 지하도로 도망치려다 당신의 하맘으로 가게 된 거고요."

"그렇군. 그대가 지금 짐의 옆에 있는 것은 다즐 덕분이구려."

아슈라프가 웃는다. 그 모습을 보고 웃을 일이 아니라고 하려다, 엘레인도 아슈라프를 만난 것이 기뻤기에 굳이 반론하지 않았다.

"다즐은 왜 여기 있는 걸까요?"

그는 케밥 장수에게 무언가를 필사적으로 호소하고 있다.

"뭘까? 뒤에서 몰래 들어봅시다."

아슈라프가 입술에 손가락 하나를 대며 계략을 꾸미는 어린아이처럼 웃었다.

"그래요. 저도 궁금하네요."

둘이서 살며시 남자의 뒤로 가자,

"부탁이야. 이걸 만드는 법을 우리 요리사에게 가르쳐 줘."

다즐이 포장마차에서 판매하는 케밥을 가리키며 부탁하고 있었다.

"그건 곤란해, 다즐 씨. 몇 번을 말했지만, 만드는 법은 비밀이라고."

가게 주인이 케밥을 구우며 고개를 젓는다.

"그러지 말고. 업무상 실수한 게 있단 말이야. 맛있는 음식으로 만회하지 않으면 여러모로 힘들어져."

다즐은 거듭 자신을 살려달라고 애원한다.

"대체 무슨 실수를 어떻게 한 건데?"

가게 주인이 다 익은 케밥을 바구니에 담으며 다즐에게 물었다.

"일터에서 맡고 있던 여자가 도망쳤어."

고개를 숙이고 도리질한다.

"이런, 그거 큰일이로군. 여자는 못 찾았고?"

"아니, 찾았어. 하필이면 상사의 아내가 되었더군……."

"그럼 문제없잖아?"

케밥 장수는 이제 괜찮지 않느냐며 양팔을 벌렸다.

"아니, 아니, 아니, 그건 아니야. 도망치기 전에 그 여자에게 다소 난폭하게 대했으니, 날 원망하고 있을지도 몰라. 그래서 여자가 상사에게 안 좋은 말을 하기 전에 기분을 풀어주고 싶어."

'뭐야? 저 얘기는…….'

그들의 대화를 가까이에서 엿듣던 엘레인은 수상쩍은 표정을 지었다.

"내 케밥으로 기분이 풀릴까?"

케밥 장수는 의아하다는 듯 고개를 갸웃거린다.

"응. 그 여자는 맛있는 음식이라면 사족을 못 써. 내가 맡고 있을 때도 그 누구보다 잘 먹었어. 그러니까 너희 케밥을 식사에 내면 기분이 풀려서 과거의 무례를 없던 일로 해줄지도 모르잖아?"

"그렇군. 그래도 비밀 레시피를 가르쳐 줄 수는 없어. 하지만 매일같이 우리 집 케밥을 대량으로 사주는 자네를 위해, 필요한 전날 미리 주문한다면 식사 시간에 맞춰 원하는 만큼 가져다줄게."

케밥 장수가 그러면 되지 않느냐고 다즐에게 물었다.

"그래. 그게 어디야. 고마워. 그럼 또 연락할게. 이제 맛있는 쿠브즈를 찾아야지……."

다즐은 커다란 몸을 흔들며 바자르 안으로 사라졌다.

"상사의 아내?"

다즐의 뒷모습을 바라보며 아슈라프가 중얼거린다.

"후궁대부는 왕가가 직할하고 있으니, 상사라 함은 짐을 일컫는 말인가? 그리고 아내라 함은…… 그대?"

웃음을 참는 듯한 목소리로 엘레인에게 묻는다.

"저, 저는, 먹보가 아니에요!"

주먹을 꽉 쥐고 아슈라프에게 호소한다.

"하하하. 곧 맛있는 케밥과 쿠브즈가 왕가에 도착할지도 모르겠구려. 그렇게 된다면 그대가 먹보임이 증명되겠지."

그는 재미있다는 듯 웃었다.

"너무하세요. 남기면 아까우니 열심히 먹었을 뿐인데……."

엘레인은 볼을 한껏 부풀리며 호소했다.

"그대가 맛있게 먹는 모습은 모두가 인정하는 바이니 부

끄러워할 것 없소. 오히려 좋은 일이라오."

그는 웃으며 고개를 끄덕였다.

"너무해……."

"실은 짐도 저 케밥을 그대에게 대접하고 싶었소. 오늘 데려오길 잘했구려. 내일이 지나면 다즐이 가져올 테니 말이오. 첫 번째는 짐이 대접한 케밥이었으면 하오."

아슈라프는 흐뭇하게 말하며 케밥 가게로 주문을 하러 간다.

"아슈라프도 참……."

다즐의 무례한 언동과 먹보라는 말은 유감스럽지만, 아슈라프의 신이 난 표정을 보자 가벼이 넘기게 된다.

자신에게 이 음식을 대접하고 싶어 데려왔다는 마음을 순순히 받아들이기로 했다.

"자. 금방 구워 뜨거우니 조심하시오."

아슈라프가 꼬치에 꽂힌 케밥을 전해준다.

"향기가 좋네요. 오늘 아침에 먹었던 것과는 조금 달라요."

꽤 다양한 종류의 향신료가 사용됐는지 복잡한 향이 났다.

"맛도 좋다오. 먹어보시오."

"네……. 어머, 부드러워요."

겉은 바삭하지만 속은 사르륵 부드러워서 독특한 식감이 느껴졌다. 산뜻한 향신료를 많이 사용하여, 입안에 깔끔한 뒷맛이 남는다.

"맛있어요. 부담 없이 가벼워서 잔뜩 먹게 될 것 같아요."

한 번 더 케밥을 베어 물었다.

"그렇지요? 이번에는 캅을 대접하겠소."

"캅이 뭐죠?"

들어본 적은 있지만 기억이 나지 않는다.

"양고기를 밀가루에 튀긴 음식이오."

"오늘 아침에 나왔던 고기완자 같은 건가요?"

"맞소. 그걸 맛있게 하는 가게가 옆 통로에 있다오. 갑시다."

아슈라프가 엘레인의 손을 끌어당긴다. 아직 입안에 케밥이 들어 있었기 때문에 서둘러 먹어야 한다는 생각에 다급해졌다.

아슈라프는 음식 노점을 중심으로 바자르 안을 돌았다. 다들 낯이 익은지, 아슈라프의 얼굴을 보면 미소를 띠며 정중하게 응대해 주었다. 하지만 아슈라프가 왕이라는 사실은 모르는 듯하다.

"저 사람 오랜만에 왔네."

"옷을 보아하니 남쪽 지방의 부족이로군. 여긴 자주 오는가?"

"이번에는 오래간만에 찾아온 거지만, 얼마 전까지는 제법 자주 왔었지."

"내란 중에는 일시적으로 외국인의 입국이 제한됐었으

니까."

이런 식의 대화가 얼핏 들렸다.

아슈라프는 자유자재로 바자르를 돌아다닌다.

"더 이상은 못 먹겠어요."

아슈라프가 이곳저곳의 텐트에서 엘레인에게 음식을 사주는 바람에 배가 터질 것 같았다.

"다음은 장식품과 옷을 볼까?"

엘레인의 호소를 듣고, 몸에 착용할 물건을 취급하는 텐트로 이동한다. 물론 여성용 물건이 늘어선 가게만 찾아간다.

"왕궁에도 많으니 별 필요 없어요."

"왕궁에 있는 것은 예전부터 마련해 둔 물건이니, 앞으로는 그대를 위한 물건을 새로이 마련하고 싶소. 그대의 아름다운 머리카락과 눈동자에 어울리는 것으로 말이오."

아슈라프는 그렇게 말하며 물건을 고른다.

"하지만……."

자신은 가짜 왕비이기에 곤혹스러웠다.

"자, 보시오. 다른 남자들도 정신없이 사고 있잖소? 아내의 선물을 마련하는 것이오. 서로 경쟁적으로 아내를 아름답게 만들려는 것이 우리나라의 풍습이라오."

아내로 보이는 여성과 함께 장식품을 고르는 사람도 드문드문 보였다. 남자들은 하나같이 진지하고 즐겁게 물건을 고르고 있다.

"샤미아프의 남자들은 아내에게 선물하길 좋아한다는 사실은 유명해서, 그런 가게도 자연스레 모여든다오."

아슈라프도 기쁜 표정을 짓고 있는 것을 보니, 그도 이런 물건 고르기를 좋아하나 보다. 이스탄불의 바자르에서도 그랬던 것이 떠오른다.

"이 나라는 정말 풍요롭네요."

바자르에 늘어선 풍부한 상품과 그것을 구입하려는 사람들의 숫자에 눈이 휘둥그레졌다.

"한때는 내란으로 대부분의 가게가 사라졌던 적도 있소. 이곳이 번성한다는 것은, 나라에도 번성할 수 있을 만큼 여유가 생겼다는 뜻이라오."

조금 진지한 표정으로 설명한다.

"알아요……. 세계대전이 끝날 무렵에는, 영국도 물자가 부족해서 끼니 걱정을 한 적도 있는걸요."

당시 유복했던 엘레인의 집에서도, 관리인들이 식료품을 구하러 먼 곳까지 찾아가야 했다.

"그것참 힘들었겠구려. 그대 같은 먹보에게는 큰 시련이었겠소."

"또 그러신다. 그때 저는 열일곱 살이었고 그다지 많이 먹지 않았어요."

엘레인은 툴툴거리며 대답했다.

"미안하오. 나도 모르게 그만……."

아슈라프가 웃으며 사과한다.

"실은 전혀 미안하다고 생각하지 않으시죠? ……앗!"

"왜 그러시오?"

"다즐이 이쪽으로 오고 있어요."

무언가를 대량으로 구입했는지, 손에는 커다란 봉투를 들고 있다.

"그거 큰일이군. 그럼 슬슬 차로 돌아갈까? 보여주고 싶은 곳이 더 있소."

아슈라프는 엘레인의 손을 잡아끌었다.

'어라?'

다즐에게 들키지 않았을까 싶어 돌아보니, 감색 천을 뒤집어쓰고 검은 옷을 입은 남자 몇 명이 두 사람을 쫓아오듯 걸어오고 있었다.

"뒤에서 누군가가 따라오고 있어요."

"저자들은 호위병이오."

뒤도 돌아보지 않고 대답한다.

"어느새 호위병이 따라왔네요. 차에는 운전사밖에 없어서 저희 둘만 온 줄 알았는데."

놀란 엘레인은 아슈라프를 올려다봤다.

"우리 뒤에서 차가 아니라 낙타를 타고 따라왔다오. 그게 눈에 덜 띄니까."

이 부근에서 차는 아직 드물기 때문에, 그것이 몇 대 연속으로 지나간다면 이목이 집중된다는 모양이다.

"어딜 가든 호위병이 따라붙는다니, 자유롭지 못해서 답답하지 않나요?"

아슈라프에게 묻는다.

"답답하다오. 그래서 이스탄불로 빠져나가 그대와 함께 바자르를 구경했던 것이오. 하지만 막 즉위했을 무렵과 비교한다면 호위병의 수도 적어졌다오."

뒤를 힐끗 돌아보며 말한다.

"가까운 미래에 다시 이 바자르를 찾을 즈음에는 호위병이 없어도 될 것이오."

"기대되네요."

"그때가 되면 둘이서 다시 옵시다."

미소를 지으며 말했다.

"네? 네……."

'그때까지 내가 이 나라에 있을까?'

바자르는 매우 넓어서, 이번에는 극히 일부밖에 돌아보지 못했다. 둘이서 여유롭게 방문할 기회가 또 있다면 좋겠지만, 자신의 입장을 생각하면 미묘하다.

바자르의 출구로 가자 두 사람 앞에 차가 미끄러져 들어왔다. 차에 탄 뒤 다시 한 번 샤미아프 왕도를 달린다.

"아름다운 거리네요."

하얗고 반듯한 집이 늘어서 있고, 푸른 하늘을 비추는 연못이 있으며 키가 큰 나무가 무성하다. 물이 풍부한 오아시스가 있으며 양과 염소 등의 가축도 토실토실하다.

"저기 열매가 주렁주렁 매달린 나무는 뭐죠? 왕궁 정원에도 있던데."

까칠까칠한 줄기와 잎을 가진 나무가 나란히 서 있었고 주먹보다도 작은 타원형의 열매가 그 가지에 매달려 있다. 열매의 색깔은 빨강, 오렌지, 노랑, 연녹색 등 다양하다.

"음. 아아, 저건 다클이라오. 그대의 나라에서는 대추야자 혹은 데이트라고 한다오."

"저게 대추야자 나무군요."

처음 알았다며 차창 밖을 바라보았다.

"잼으로 만든 것이 오늘 아침에 나왔었소."

"네. 기억나요. 진한 달콤함이 쿠브즈와 어울렸어요."

"대추야자를 재배하고 가축을 기르며 생활하는 것이, 예부터 이어져 온 이곳의 생활이오. 하지만 외부에서 새로운 것이 점점 유입되고 있소. 그것을 잘 받아들여 발전해 가는 게 최근 몇 년간의 과제라오. 그것을 위해서는 지금 이상으로 힘을 쏟아야 하지요."

아슈라프가 왕다운 대답을 한다.

그의 진지한 표정과 말투에서, 이 나라의 넉넉한 행복을 유지하기 위해 힘쓰고 있음을 알 수 있었다.

'힘내요. 아슈라프.'

마음속으로 응원한다. 입 밖에 내지 못한 것은, 자신이 언젠가 이 나라에서 나가야 한다는 사실이 왠지 모르게 쓸쓸했기 때문이다.

차는 거리를 나서 메마른 도로를 달린다. 거리와는 달리 차량용으로 정비되지 않은 길이라 차체가 제법 흔들렸다.

영국 제일의 고급차도 이런 길에서는 흔들린다.

"어, 어디까지, 가나요?"

점점 엉덩이가 아파온다.

"저 언덕까지 간다오."

아슈라프가 앞유리 너머를 가리킨다. 바위를 쌓아올린 듯 울퉁불퉁한 언덕이 보였다.

"이제 곧 도착하오."

이 덜컹거림에서 해방된다고 생각하니 안심이 된다.

차는 언덕의 한가운데에서 멈췄고, 엘레인은 아슈라프와 함께 내렸다.

"여기서부터 조금 걸읍시다."

운전사와 호위병을 남겨두고, 두 사람은 언덕의 정상을 향해 경사진 길을 오르게 되었다.

"꺅."

발을 디디자마자 미끄러졌다. 모래와 자갈이 섞인 지면은 걷기 어려웠다.

"나를 잡으시오."

아슈라프가 팔을 내밀었다.

"고마워요. 바람이 세네요."

엘레인은 아슈라프의 팔을 꽉 잡았다.

"저기 돌이 놓인 곳까지 올라가나요?"

"그렇소."

이렇게 약한 샌들이 아니라, 원래 엘레인이 신고 온 여행용 신발을 신을 걸 그랬다고 생각한다. 하지만 에스코트해주는 아슈라프의 팔에 의지하며 오르는 것도 나쁘지는 않다.

'이 사람에게서 좋은 향기가 나.'

바자르에서는 다양한 냄새가 섞여 있었기 때문에 알아채지 못했지만, 단둘이 있는 이곳에서는 그에게 감도는 좋은 향기가 코를 간질인다.

왕궁 안에 핀 꽃향기와 비슷한 걸 보니, 그곳에서 지내는 사이에 향기가 밴 것인지도 모른다.

"괜찮소?"

아슈라프는 향기에 취해 걷던 엘레인을 신경 쓴다.

"네, 그럭저럭……."

이따금 자갈에 휘청거리며 길을 오른다.

'차가 저렇게 작게 보이다니. 호위하는 낙타부대도……'

뒤를 돌아 지나온 길을 보니, 제법 높이 올라왔음을 알 수 있었다.

숨이 끊어질 것 같던 무렵,

"보시오, 저기라오."

아슈라프가 정상 부근에 있는 커다란 바위를 가리켰다.

"저 바위 뒤가 목적지요."

바위를 빙 돌아간다.

그러자,

"와아. 굉장해요. 아름다워라!"

왕궁을 기점으로 펼쳐지는 샤미아프의 거리가 한눈에 들어왔다.

차에서 보이던 초록빛 나무들과 집, 그리고 밭이 모자이크 타일을 박아놓은 것처럼 아름다운 모양을 그리고 있었다. 곳곳에 모양이 다른 곳은, 왕궁과 왕자의 후궁, 정무원 등이다.

"이런 식으로 되어 있군요."

"십여 년 전부터 구획정비를 시작한 결과라오."

"조금 전에 지난 곳은 저 즈음인가요? 바자르의 텐트가 크림색 침대 같아요."

작은 나라지만, 지평선 너머까지 거리가 펼쳐져 있다.

"커다란 거리네요."

"사막에 둘러싸여 있지만, 물이 풍부하고 작황도 좋기 때문이오. 해마다 인구도 늘고 있소."

아슈라프는 그렇게 말하며, 엘레인을 강풍으로부터 보

호하려는 듯 그녀의 어깨를 끌어안고 근처 바위에 앉았다.

"곳곳에 보이는 오아시스가 반짝반짝 빛나서 커다란 보석 같아요. 거리를 위에서 바라보면 이렇게 아름다운지 몰랐네요."

감동하며 둘러보았다.

하지만…….

"어라? 저 검은 것은 뭐죠?"

모자이크 모양의 융단과도 같은 거리에서, 검게 그을린 곳을 발견했다.

"저 검은 곳은 옛 왕궁의 흔적이오."

"선대께서 거처하시던 왕궁이라는 건가요?"

"맞소. 부왕께서 돌아가셨을 때 일어난 내란으로 파괴되고 불에 타버렸다오. 지금의 왕궁은 짐의 형님이 건설을 시작하여 작년에 완성되었소."

조금 가라앉은 목소리로 설명한다.

"그러고 보니, 형님께서 왕궁을 건설했다고 말씀하신 적이 있어요."

"왕궁이 완성되고 얼마 지나지 않아 세상을 떠났으니, 형님께서 왕궁에서 얼마 지내지 못한 것이 안타깝소."

아슈라프가 고개를 숙이고 눈을 감았다.

"그러게요……. 게다가 이렇게 아름다운 거리가 불타다니 속상해요."

엘레인이 검게 그을린 곳을 보고 눈썹을 찌푸린다.

"맞소. 내가 즉위했을 때, 그런 일이 다시는 일어나지 않게 하겠노라 맹세했다오."

아슈라프는 눈을 뜨고 거리를 매섭게 바라봤다.

"네. 그 마음 알겠어요."

"최근 국내 정세는 안정되어 있소. 앞으로는 국외를 보려 하오. 유럽과 인접한 제국이 호시탐탐 이 주변을 지배하려 하고 있으니 말이오."

"괜찮을까요?"

"쉽지는 않겠지만 외교에 힘을 쏟으면 어떻게든 될 것이오. 짐은 샤미아프를 강하고 멋진 나라로 만들고 싶소. 아니, 그렇게 할 것이오."

그는 자신감이 넘치는 표정으로 대답했다.

아슈라프의 야무진 얼굴이 늠름해서 저도 모르게 넋을 잃고 바라보고 있을 때,

"그래서 그대에게 부탁이 있소."

아슈라프가 엘레인 쪽으로 몸을 돌리자 가슴이 두근거렸다.

"뭐, 뭐죠?"

"여기에 있을 때만이라도 좋으니, 짐에게 힘을 빌려주지 않겠소?"

아름다운 얼굴을 들이대며 말하자 당황한다.

"제, 제가 할 수 있는 일이 있을까요?"

뺨을 붉히며 질문했다.

"최근의 정세에 대해 외국의 여러 자료를 모아뒀는데 번역에 시간이 걸리고 있소. 영문 자료를 아라비아어로 읽어주면 큰 도움이 되겠소만."

그는, 회화는 가능하지만 영문을 읽는 것은 서툴다며 쓴웃음을 지었다.

"그 정도면 가능해요. 언제든 말씀해 주세요. 저도 아라비아어로 회화는 가능하지만 읽는 건 전혀 못하거든요."

그러니 신경 쓰지 말고 의뢰해도 된다고 말하자, 아슈라프가 감동한 표정을 짓는다.

"고맙소. 그대는 정말 멋진 여성이오."

아슈라프가 엘레인의 몸을 꼭 끌어안는다.

"꺅."

차는 저 밑에 있고 커다란 바위도 있으니 호위병이나 운전사에게는 보이지 않을 테지만, 이곳은 바깥이다. 엘레인은 그의 품에 안긴 채 당황했다. 이윽고 팔의 힘을 푼 아슈라프가 이번에는 얼굴을 들이댔다.

가까이 있는 미려한 얼굴에 두근대는 사이,

"으읍……!"

아슈라프가 돌연 입술을 포개었다.

'뭐, 뭐, 뭐야! 왜 키스하는 거야?'

깜짝 놀라 벌어진 입술 사이로 아슈라프의 혀가 들어와 엘레인의 혀에 얽힌다.

"으음, 으…… 읏!"

타액을 빨아들이고, 치열과 입속을 핥아댔다.

그는 커다란 손으로 그녀의 뒤통수를 받친 채 허리에 두른 팔을 당겨 그의 몸에 밀착시킨다. 아슈라프의 혀가 엘레인의 혀를 맛보듯 휘감기자, 귀에 음란한 물소리가 들려왔다.

제법 진한 키스가 오래도록 지속된다.

처음에는 깜짝 놀라 아슈라프의 가슴을 밀며 저지하려 했지만, 개의치 않고 밀어붙여지는 사이에 감각이 마비되어 갔다.

'이제…… 상관없어…….'

점점 저항할 의욕을 잃었다.

안 되는 줄 알면서도, 아슈라프가 자신을 안아주고 키스해 주는 쾌감을 거부할 수 없다. 그와 접촉하고 있음에 안도하며 휩쓸려 간다.

"하앙……."

입술을 댄 채 황홀한 표정으로 한숨 같은 목소리가 나왔다. 하지만 그 목소리는 아슈라프의 입속으로 사라져, 밖으로 새어나오지는 않았다.

한동안 붙었던 입술이 겨우 떨어졌을 때는 의식이 절반쯤 나가 있었다.

"어, 째서, 이런 짓을……."

빨간 얼굴로 아슈라프에게 질문한다.

"미안하오. 그대가 한없이 귀여워서 참을 수가 없었소."

"아……."

귀엽다는 말에 얼굴이 달아오르며 귀까지 빨개졌다. 그런 엘레인의 귀에 아슈라프가 입술을 들이댄다.

"새빨간 것이 맛있겠구려."

입술 사이에 귓불을 끼우고 혀로 할짝 핥았다.

"아앗."

간지러움과 부끄러움 때문에 소리가 나왔다.

"어제처럼 조금만 먹게 해 주시오."

빨개진 귀에 그가 요염한 목소리로 속삭였다.

"머, 먹는다고요?"

가슴이 두근거린다.

"그대의 먹음직스러운 입술 말고도 여기저기."

"아, 안 돼요……. 여기는 바깥이에요……."

무엇보다 다시는 아슈라프와 그런 짓을 하지 않겠다고 다짐한 상태다. 다짐을 떠올린 엘레인은 고개를 좌우로 저으며 거절했다.

하지만…….

"아앗……."

뒤집어쓴 천의 이음매로 아슈라프의 손이 스르륵 들어오

는데도 강하게 제지할 말이 나오지 않았다.

"하아…… 여기는…… 바깥이니…… 안 돼요."

엘레인의 유방을 애무하기 시작한 아슈라프에게 질책의 말을 던지지만, 신음에 가까운 목소리로는 거의 효과가 없다.

"귀여운 그대를 지금 맛보고 싶소. 조금만 맛보겠소. 알겠소?"

달콤한 목소리로 부탁받자, 저항해야 한다는 의사가 희박해지며 힘이 빠졌다.

"조, 조금만이에요."

이미 외출용 드레스의 가슴 쪽 단추를 풀고 있는 아슈라프에게 말한다.

"알겠소."

엘레인이 뒤집어쓰고 있던 천을 벗기고 돌 위에 깔자, 가슴 쪽 단추가 풀린 외출용 드레스의 상부가 벌어졌다.

엘레인의 하얀 유방이 태양 아래 드러났다.

"싫어요. 부, 부끄러워요."

"부끄러워할 것 없다지 않았소. 태양 아래에서 본 그대의 이곳은, 그 어떤 과실보다도 먹음직스럽소. 평소보다 더 멋지구려."

아슈라프가 훤히 드러난 엘레인의 유방을 천천히 애무한다.

"하, 하아……. 이제 됐죠……?"

이런 곳에서는 부끄러워서 견딜 수가 없다고 아슈라프에게 호소한다.

"이제 시작이오. 실컷 맛보게 해주시오."

하지만 아슈라프는 짓궂게 웃으며 엘레인의 유두에 얼굴을 들이댄다.

"하지만, 조금만이라고…… 아아앗."

혀끝으로 유두를 핥자, 항의하려던 말이 신음으로 변한다.

"음. 맛있소. 달고 부드럽소……."

반대쪽 유두도 똑같이 핥았다.

"하아, 아아앗."

핥을 때마다 음란한 열기가 전해진다.

"후후. 귀엽구려."

핥아댄 유두가 물들며 단단하게 솟아오르게 시작했다.

"앗, 싫어요……."

"싫다? 이건 싫다는 의미가 아닐 터인데?"

아슈라프가 단단해진 유두를 꼬집으며 고개를 갸웃거린다. 그의 손이 꼬집은 곳을 가볍게 비틀자 저릿한 쾌감과 열기가 전해진다.

"으읏, 아, 안 돼요, 아슈라프……. 이런 곳에서 그런 부분을……."

거센 자극에 머릿속이 마비되어 반쯤 신음하며 호소한다.

"여기는 안 된다? 그렇다면 이쪽이 좋으려나?"

아슈라프가 드레스 자락을 걷어 올리고 치마 속으로 손을 뻗었다.

"아, 아슈라프, 거, 거긴."

당황하여 그의 팔을 잡는다.

"여기도 맛보고 싶구려."

속옷 너머 엘레인의 사타구니를 손가락으로 만졌다.

"맛을 보다니, 설마…… 아, 앗."

사타구니를 쓰다듬자 움찔한다.

"어제처럼 그대의 이곳을 실컷 핥고 빨고 싶소."

음란하게 더듬으며 엘레인의 귀에 속삭였다.

"하아, 아읏, 아, 안 돼요……."

그 말의 내용을 상상하며 새빨개진 엘레인은 고개를 젓는다.

"조금만. 괜찮겠소?"

그가 엘레인에게 물어보며 얇은 속옷 아래에 손가락을 뻗었다.

"맙소사……."

꽃잎에 직접 손을 대는 것에 얼굴이 새빨개진다.

"축축하오……. 이곳도 벌써 느끼고 있소?"

아슈라프의 음란한 물음에 아니라고 반박하고 싶지만 비부를 희롱당하는 쾌감과, 그에 따라 반응하는 자신의 몸을 자각하고 있었기에 아무 말도 할 수 없다.

하지만 입구를 더듬던 그의 손가락이 꽃잎을 열어젖히기 시작했기 때문에,

“소, 손가락을 넣으면, 안 돼요.”

그렇게까지는 하지 말라고 헐떡이며 부탁했다.

“하나만 살짝 넣겠소.”

“하, 하지만…….”

“넣으면 황홀해질 것이오.”

음란한 유혹의 말을 속삭여지자, 저항할 힘을 잃고 만다.

아슈라프의 기다란 손가락이 꽃잎을 가르고 꿀단지 속으로 들어가기 시작했다.

“아, 하아아…… 하지만…….”

“다리를 조금 벌려보시오.”

“아, 안 돼요.”

거부의 말을 하면서도 아슈라프의 말대로 무릎이 벌어진다.

“착하구려.”

입구를 더듬던 손가락이 안으로 스르륵 들어간다.

“아아앗, 안으로, 넣으면…….”

손끝만 쓰겠다던 그에게 항의하고 싶지만, 삽입된 손가락에 의해 꿀단지가 자극되어 뜨거운 쾌감이 덮쳐오자 말이 나오지 않는다.

돌 위에 앉은 채 무릎을 벌리고, 아슈라프의 손으로 사타

구니를 희롱당하자 몸부림쳐질 만큼 황홀하다.

이렇게 흐트러진 모습을 보여서는 안 되는데 그의 명령을 거역할 수가 없다. 고개를 저으면서도 그의 손가락에 빠져들고 만다.

'아아…… 좀 더…… 해주세요…….'

그가 손가락을 늘리고 꽃술을 희롱하면, 엘레인의 몸은 더욱 강한 자극을 갈구하며 몸부림친다. 이미 아슈라프에게 황홀한 자극을 배웠기 때문이다.

하지만 자극이 커지기는커녕, 아슈라프의 손가락은 엘레인의 사타구니에서 빠지고 만다.

"여전히 몸이 굳어 있군. 이 또한 그대의 장점이오만."

엘레인의 호소를 듣고 멈춰준다는 듯한 말투다.

"아……."

음란한 자극이 중단되고, 어중간하게 달아오른 몸이 방치되었다.

'맙소사…….'

엘레인의 몸은, 아슈라프의 손가락이 빚어내는 더한 자극을 원하며 욱신거린다. 하지만 이런 곳에서 정숙하지 못하게 조를 수는 없다.

'……아아…… 원해…….'

"응? 왜 그러시오?"

꿈틀대는 모습을 들키고 말았다.

"아, 아무것도……."
"후후. 이걸로 끝이라고 생각했소?"
아슈라프가 장난꾸러기처럼 엘레인의 얼굴을 들여다보았다.
"네……?"
그의 손이 놀란 엘레인의 양어깨를 잡고 몸을 빙글 돌린다.
"뭐, 뭐죠?"
앉아 있던 돌에 가슴과 배를 대는 자세가 되었다.
"돌에 손을 대시오."
"왜요? 앗, 꺅!"
돌아보려던 순간, 아슈라프가 뒤에서 드레스 자락을 걷어 올리는 것에 깜짝 놀랐다.
"조금 더, 해도 되겠지요?"
달콤한 목소리가 엘레인의 귀에 대고 물었다.
"조, 조금 더라니…… 하지만…… 악."
뒤에서 안긴 엘레인의 등에 아슈라프의 몸이 밀착된다.
"이렇게 맛보게 해주시오."
"이렇게라니……!"
엉덩이에 무언가가 닿았다. 얇은 속옷 너머였지만 그것이 아슈라프의 육봉(肉棒)이라는 것은 금세 알 수 있었다.
"이렇게 하면 기분이 좋소?"
속옷 위에서 육봉으로 엘레인의 사타구니를 문질렀다.

"아, 하아, 그런…… 짓을……."

음란한 자극이 전해진다.

"좋지 않소? 그럼 이 부근은 어떻소?"

뒷구멍에서 꿀단지의 입구에 있는 꽃잎을 지나, 민감한 꽃술까지를 육봉으로 서서히 문질렀다.

"아아앗, 그렇게 하시면 젖을 거예요……."

"이미 젖었다오. 제법 번졌으니 이제 와서 신경 쓸 건 없소."

아슈라프는 기쁜 목소리로 말하며, 다시 한 번 그곳을 음란하게 문지른다.

"하, 하지만, 음, 하아아."

엉덩이에서 앞쪽으로 사타구니를 문지르자, 자연스레 신음이 터져 나올 정도로 기분이 좋았다.

"좋아 보이는구려. 짐도 좋소. 이렇게 하면 더 좋을 것이오."

아슈라프의 물건을 끼운 채 무릎을 오므렸다. 그의 열봉(熱棒)이 엘레인의 허벅지에 꽉 들어찬다.

"아아, 좋소. 최고라오."

"저, 저는, 이제…… 크윽."

물건을 끼운 채 움직이자 사타구니를 강하게 훑어지며 새로운 쾌감이 생겨났다.

"좋아 보이오. 여기는 어떻소?"

앞으로 두른 손이 엘레인의 가슴을 향했고, 솟아오른 유두를 검지와 엄지로 꼬집는다.

"아앗! 그런 곳까지, 희롱하면……."

꼬집힌 것만으로도, 넋을 잃을 정도로 달콤한 자극이 느껴진다.

"느끼고 있구려."

아슈라프가 허리의 움직임에 맞추어 꼬집은 유두를 비볐다.

"하, 흐으읏."

가슴과 사타구니에서 뜨거운 쾌감이 끝없이 분출된다.

"딱딱해졌소."

아슈라프의 손이 단단한 유두를 확인하듯 세게 꼬집었다.

"아, 안 돼요, 이제, 못 참겠어요. 읏, 아아앗."

음란한 열기가 급속히 치밀어 올라 고개를 젓는다.

"나도 못 참겠소. 그대와는 이것만으로도 황홀하오."

아슈라프의 다급한 목소리와 함께, 열봉이 사타구니를 문지르는 속도가 빨라진다.

"아, 아아앗, 이제, 으윽!"

엘레인은 등을 젖히며 움찔움찔 경련했다.

6장

오후.

언덕에서 돌아온 엘레인은, 또다시 크게 후회했다.

'대체 나는…….'

세 번이나 아슈라프와 음란한 짓을 했다.

게다가 이번에는 바깥에서 말이다.

처음은 가슴만.

다음에는 위에서 사타구니를 만질 뿐.

조금 안쪽도 터치.

가볍게 손끝을 넣을 뿐.

이렇듯 행위는 점점 과감해졌다.

그리고 마지막에는,

아슈라프와 절정에 다다를 때까지, 야외의 바위 위에서 음란한 짓을 계속했다.

'무슨 짓을 한 거야!'

다시는 그와 음란한 행위를 하지 않겠다고 그토록 맹세했는데, 작은 유혹에 넘어가 바깥에서 그런 짓까지 허락해 버렸다.

상대는 연인도 뭣도 아니다. 그런데도 거기까지 하고만 자신이 이해되지 않는다.

"아, 아슈라프가 잘못한 거야."

매력적인 눈으로 엘레인을 유혹하니 이끌리고 만 거다. 그렇게 이유를 붙이며 스스로를 납득시키려 했지만, 동의하에 함께 즐겼던 죄책감은 사라지지 않는다.

정원을 바라보기 위해 회랑에 마련된 의자에 앉아, 엘레인이 오전 중의 추태를 떠올리며 풀이 죽어 있을 때,

"엘레인니이이임."

하미다가 큰 소리로 그녀의 이름을 부르는 소리가 들렸다.

'무슨 일이지?'

고개를 들자, 커다란 천을 펼쳐 들고 달려오는 하미다의 모습이 보인다.

"얼른 이것을 두르십시오오오오."

외출할 때 둘렀던 것과 비슷한, 금실이 빛나는 아름다운 천이었다.

"무슨 일이죠?"

하미다의 큰 목소리를 들었는지 아마다가 작업실에서 얼굴을 내밀었다.

"회랑을 뛰어다니다니, 점잖지 못하게."

연못의 낙엽을 줍던 바스마가 작업을 멈추고 눈썹을 찌푸렸다.

"아미르 이외의 남성이 이곳에 들어와 있어요!"

바스마의 말을 듣자,

"어머, 야단났네."

아마나와 바스마는 왕궁 입구로 잽싸게 달려간다.

"자, 이 천을 머리부터 뒤집어쓰십시오."

하미다가 엘레인에게 천을 씌워 얼굴만 나오게 만든다. 가볍지만 투명하지 않은 천은, 언덕에서 돌아와 몸을 씻고 갈아입었던 선정적인 드레스 차림을 감추었다.

잠시 후, 왕궁의 남쪽 회랑을 쿵쿵 걷는 남자가 보였다. 진한 수염에 단단한 어깨를 지닌 거한(巨漢)이다.

손에는 활 모양의 커다란 검을 들고 있고, 눈빛은 날카롭다.

"저 사람은 누구죠?"

"아미르의 사촌 동생인 워키드입니다. 호위대장을 맡고

있는데, 뱀을 퇴치하러 온 모양입니다."

엘레인의 옆에 있던 하미다가 대답했다.

"뱀이요? 아아, 어제 그?"

애프터눈 티를 마시던 곳에 나타난 다기르를 떠올린다.

아마나와 바스마가 워키드라는 남자를 새장 쪽으로 인도한다. 워키드는 검을 휘두르며 수풀 속으로 들어갔다.

"다기르 같은 건 그냥 둬도 될 텐데."

하미다는, 물려도 마비가 될 뿐이니 덫을 설치해 놓으면 될 거라고 중얼거린다.

"맞아요. 하지만 저는 뱀을 싫어하니 퇴치해 줬으면 좋겠어요."

"그럼 뱀 퇴치하는 모습을 견학이라도 할까요?"

회랑에서 정원을 바라보던 하미다가 뒤꿈치를 번쩍 들어 발돋움한다. 회랑은 계단 세 개 정도의 높이에 설치되어 있는데, 키가 작은 하미다에게 그것만으로는 부족해 보였다.

엘레인은 어렵지 않게 바라볼 수 있었기 때문에, 정원의 풀숲을 여기저기 이동하는 워키드의 머리를 쫓았다.

잠시 후, 뱀의 머리를 쥔 워키드가 중정의 풀숲에서 나왔다.

"우와. 크다."

하미다가 탄성을 지른다.

워키드가 처리한 뱀은 엘레인의 팔보다 길었고, 꼬리 근처에 빛나는 물체가 꽂혀 있었다. 어제 아슈라프가 던졌던 나이프 같다.

"이제 됐지? 그나저나 참 커다란 다기르로군. 이렇게 두꺼운 놈은 처음 봐. 대체 어디서 이 정원으로 들어온 거지?"

워키드가 뱀의 대가리를 잡고 빨강과 검정이 뒤섞인 그 몸통을 흔들며 엘레인 쪽으로 걸어왔다. 그러더니 구경하던 엘레인을 보고 발을 멈춘다.

"호오. 당신이 소문으로 듣던 영국인 왕비로군. 나는 워키드다. 아미르 아슈라프와는 사촌지간이자 소꿉친구지. 지금은 측근 겸 호위대장을 맡고 있다. 이스탄불에서 우연히 만났다고 들었는데, 이렇게 미인일 줄은 몰랐군. 아미르는 운이 좋은 남자야."

천을 뒤집어쓰고 있기 때문에 얼굴밖에 보이지 않을 텐데도 엘레인의 머리부터 발끝까지 훑어보았다.

"뭐, 나도 운이 좋군. 다기르를 퇴치하지 않았다면 미모의 왕비를 만나지 못했겠지. 사실 하맘에서 만났어야 했지만, 그날은 다른 용무가 있어 아미르의 경호를 하지 않았으니."

가까이 다가온 워키드는 엘레인에게 인사를 한 뒤, 다기르를 들고 빙긋 웃었다.

"자, 잘 부탁드려요."

엘레인은 뒷걸음질 치며 인사한다.

"우와아! 큰일이야!"

번쩍 든 뱀을 본 하미다가 느닷없이 소리를 질렀다.

"큰일이라니? 잡았으니 된 거 아닌가?"

"그건 다기르가 아니에요. 맹독을 가진 히젤이라고요."

양손을 들고 발을 동동 구른다.

"뭐라고!"

깜짝 놀란 워키드가 들고 있던 뱀을 바라봤다.

"정말이군……. 초록색 선이 두 줄. 이건 히젤이야……."

"히젤?"

엘레인은 깜짝 놀라 하미다에게 묻는다.

"다기르와 비슷한 무늬지만 초록색 선이 두 줄 들어 있는 것은 히젤이라는 뱀입니다. 맹독을 갖고 있지요."

하미다가 엘레인에게 설명한다.

"맹독을 가진 뱀이요?"

"이 녀석에게 물리면 온몸이 마비되어 죽습니다. 호흡이 불가능할 뿐만 아니라, 손 쓸 도리도 없지요."

하미다는 히젤을 응시하며 경직된 얼굴로 말했다.

"설마 이런 곳에 있을 줄은 몰랐군. 잡을 때 방심해서 물리기라도 했다면 내 목숨도 날아갔겠어."

워키드가 험악한 얼굴로 말한다.

"이 나라에는 그렇게 무시무시한 뱀이 많은가요?"

엘레인도 경직된 얼굴로 질문했다.

"다기르는 그 숫자도 많고 어디서나 흔하게 나타나는 뱀이지만, 히젤은 사막의 건조한 곳에서만 서식하며 그 숫자도 적지. 아주 드물게 건기(乾期)에 거리에서 목격되는 경우는 있지만, 물이 풍부한 왕궁의 중정에 나타날 일은 없을 터."

"그런데 어째서?"

"어째서……? 뭐, 누군가가 의도적으로 풀어놨겠지."

워키드가 어색한 표정으로 말한다.

"의도적으로 풀어서 어쩌려고요?"

"여기에 있는 자를 죽이는 거지."

"죽여요……? 누가?"

"그 이상은 말할 수 없어. 아미르에게 직접 묻도록 해. 아무튼 나는 이놈을 처분하고, 누가 들여온 건지 조사해야 돼."

워키드는 히젤의 머리를 쥔 채 왕궁을 빠르게 빠져나갔다.

얼마 지나지 않아 정무원에서 아슈라프가 돌아왔다.

"아슈라프. 묻고 싶은 게 있어요!"

엘레인은 워키드에게 들은 이야기를 질문하고자 회랑을 걷던 그에게 말을 건다.

"가능하다면 그 전에, 마중의 키스를 해줬으면 하는데."

그러나 아슈라프는 미려한 얼굴에 빙긋 웃음을 띠며 말한다.

"네? 마중의 키스요?"

멍하니 걸음을 멈춘다.

"짐이 유학하던 때, 영국의 부부는 하나같이 외출과 귀가 시에 키스를 나누더군."

아침에는 잠든 엘레인을 깨우기 미안해서 인사를 포기했다며 웃었다.

"하지만 그…… 저희는……."

진짜 부부가 아니라며 우물거리자,

"주위의 의심을 살 수도 있으니 얼른 해주지 않겠소? 이대로라면 짐이 영국인 아내에게 미움을 받는다고 생각할 거요. 아니면 짐이 싫은 거요?"

아슈라프가 곤란한 표정으로 바라봐 엘레인은 당황했다.

"시, 싫지 않아요……."

엘레인은 뺨을 붉히며 고개를 저었다.

"그럼 부탁하겠소."

"알겠어요."

아슈라프를 올려다보며 대답한 뒤,

"다, 다녀오셨어요?"

뚜렷한 그의 입술에 자신의 입술을 포개었다. 회랑 너머에서 작은 목소리가 들렸기에, 시녀들이 보고 있음을 알아챘다.

"음……."

입술이 닿았을 뿐인데, 등줄기에 저릿저릿한 무언가가 치밀어 올랐다.

'어, 어째서…….'

아슈라프와는 몇 번인가 키스를 나누었다. 어제도 정원에서 애프터눈 티를 함께했고, 오늘 오전 중에도 밖에서 혀를 얽고 타액을 삼키는 등 농후한 행위를 했다.

하지만 이렇게 남편이나 연인에게 애정을 표시하는 듯한 키스는 처음이다. 그래서인지 가슴이 고동치는 소리가 귓가에 울려 퍼졌다.

"얼굴이 빨갛소."

입술을 뗀 아슈라프가 엘레인의 얼굴을 바라보았다.

"그야…… 저, 저쪽에서 모두들 보고 있으니까요."

다른 사람들의 눈앞에서 연인과 키스를 한 건 처음이다.

'여, 연인이 아니지만, 그렇지만…….'

아슈라프와 자신의 관계를 생각해 보자면, 그것에 가장 가까운 것 같다. 두근대는 고동 소리가 머릿속까지 울려 퍼진다.

"한가한 노인들에게는 무료함을 달랠 좋은 화젯거리가

되겠구려.”

“저는 그녀들의 무료함을 달래주기 위해 키스를 한 건가요?”

“농담이오. 짐이 원했을 뿐이라오.”

‘아슈라프가 원했다?’

엘레인의 고동이 더욱 빨라졌다.

“그런데 짐에게 묻고 싶다는 게 뭐요?”

아슈라프가 귀까지 새빨개진 채 고개를 숙인 엘레인에게 묻는다.

‘맞다. 질문할 게 있었지.’

정신을 차리고 얼굴을 들었다.

“그게, 그러니까……. 조금 전에 워키드라는 분이 정원에 와서……”

“워키드에게 다기르를 잡으라고 명령했소만.”

그 녀석의 이야기를 하려는 거냐고 묻기라도 하듯 아슈라프의 한쪽 눈썹이 올라갔다.

“제게…… 여기에 있는 자를 죽이려는 사람이 있다고…….”

말한 순간, 아슈라프의 미간에 주름이 잡혔다.

“사실인가요? 어째서 살인 따위를?”

그것을 보고, 설마 하며 추궁한다.

“아니라오. 그것은…… 예전 이야기요. 물론 즉위 전후로는 시국이 어수선했지만 지금은 안정이 되었소. 만약을 위해 경비를 삼엄히 하고 있지만 그 정도로 염려할 것은 없소."

아슈라프가 딱딱하던 표정을 풀며 대답했다.

"그래요?"

"그러니 이스탄불로 나갈 수도 있었던 것이고, 이렇게 그대와 여유롭게 지낼 수도 있는 것이 아니겠소?"

미소를 띠며 엘레인을 보았다.

"그건 그렇네요."

듣고 보니 납득이 되었다.

"아아, 그러고 보니 워키드가 처치한 게 다기르가 아니었어요. 히젤이라는 맹독을 가진 뱀이래요."

엘레인이 말하자,

"히젤…… 이라고 했소?"

미소를 짓고 있던 아슈라프의 표정이 굳었다.

"맞아요. 아직 몰랐군요? 놀라셨죠? 어제 정원에서 물리지 않길 다행이지 뭐예요."

엘레인이 안도한 얼굴로 말했지만, 아슈라프의 표정은 여전히 딱딱하다.

"조금 전까지 손님이 와 있어서 워키드와 이야기 나눌 시간이 없었소. 아마 금세 보고가 올라올 것이오."

그렇게 말하고 엘레인의 몸을 살며시 끌어안았다.

'응?'

아슈라프는 자신의 얼굴을 엘레인의 어깨에 얹은 자세로 끌어안았다.

"기껏 마중의 키스를 해줬는데 정무원으로 돌아가야 하오."

아슈라프가 놀란 엘레인에게 침울한 말투로 말했다.

"외출하시나요?"

"그렇소. 이따 봅시다."

엘레인의 몸을 놓은 아슈라프는 발길을 돌려 회랑을 걸어간다.

"아슈라프!"

이름을 불렀지만 그는 손을 올려 보였을 뿐 걸음을 멈추지도 뒤를 돌아보지도 않은 채 걸어간다. 그리고 그가 출구 근처에 있던 아마나에게 무언가를 이야기하자 시녀들이 열린 대문으로 아마나를 따라나섰고, 아슈라프도 나가고 말았다.

"기껏 돌아왔는데……."

멀리서 닫히는 대문을 바라보며 중얼거린다.

"워키드가 잡은 게 히젤이라 놀랐어요. 아마, 돌아가신 전 왕비님의 사인(死因)이 히젤의 독이이었음을 아는 게 아닐까요?"

엘레인에게 다가온 하미다가 방으로 돌아가자는 듯 등에

손을 댄다.

“돌아가신 왕비님…… 이라면?”

하지만 엘레인은 멈춰 서서 굳은 얼굴로 돌아보았다.

“파티마님이요. 아시르 하미드 왕세자 전하의 생모시죠. 모르셨나요?”

하미다가 신기하다는 표정으로 엘레인을 바라보았다.

“아시르 하미드님께서 왕세자 전하라는 건 알고 있었지만, 그 어머님에 대해서는 처음 알았어요…….”

애초에 그곳의 후궁녀로서 유괴되었기 때문에, 엘레인은 아슈라프의 거짓 비가 될 수 있었다.

굳이 생각해 볼 것도 없이 아시르 하미드 왕자는 왕세자이기 때문에 아슈라프의 아이라는 얘기가 된다. 그리고 그 아이에게는 반드시 생모가 있을 터였다.

‘나도 참, 어째서 지금까지 눈치채지 못했을까?’

이곳에는 세간뿐만 아니라, 드레스나 구두, 장식품까지 준비되어 있었다. 갑작스레 찾아온 왕비를 위해 준비한 것일 리가 만무하다.

“비궁전에 있는 드레스는 돌아가신 왕비님의 것이로군요?”

“맞아요. 하지만 비궁전이 완성되었을 때는 만삭이셨고 출산하신 뒤 곧 돌아가셨기 때문에, 그곳에 있는 드레스는 무엇 하나 입어보지 못하셨어요.”

아깝잖아요, 라며 하미드가 준비실로 눈을 돌린다.

"그런 상황에 사이즈가 딱 맞는 새 왕비님께서 오셨다는 건 신의 가호지요."

근처에 있던 바스마가 말했다.

"저는…… 옷을 갈아입고 싶어요."

"네?"

"제가 입었던 여행용 드레스 한 벌을 가져다주세요. 신발도 부탁해요."

"그렇지만."

"더러워도 괜찮아요! 이 드레스를 입기 싫어요!"

엘레인의 외침에 가까운 말에, 하미다와 바스마뿐만 아니라 주위에 있던 시녀들의 시선도 얼어붙었다.

엘레인은 그녀들의 시선에서 도망치듯 등을 돌린 뒤 방으로 발걸음을 재촉한다.

'이 옷은 내 것이 아니라, 진짜 왕비님의 옷이잖아!'

마음속으로 외친다.

지금까지 왕세자의 어미에 대해서나, 준비가 철저히 되어 있는 비궁전에 대해서 의문을 품지 않았었다.

이 얼마나 어리석은가? 엘레인은 아슈라프에게 비가 있었다는 사실에 커다란 충격을 받았다.

'그 사람에게는 사랑하는 비가 있었구나…….'

눈물이 흘러 회랑이 일그러져 보인다.

'어, 어째서 우는 거야?'

처음부터 거짓 왕비였으니 울 필요는 없다. 엘레인은 인도에 갈 것이니 아슈라프가 어떻게 되든 상관이 없지 않은가?

그렇게 마음속으로 자신을 질타해도 슬픔은 점점 복받친다.

화려한 비궁전의 입구가 보였다. 저곳에는 들어가고 싶지 않지만, 아슈라프의 궁정에도 가고 싶지 않다.

어쩔 수 없이 들어가,

"내 드레스를 갖고 올 때까지 아무도 들어오지 말아요!"

뒤따라온 하미다와 바스마에게 말한 뒤 침대에 와락 엎드렸다.

7장

왕궁의 서쪽으로 해가 기울고 궁전에 램프의 빛이 밝혀질 무렵, 엘레인은 침대 위에서 눈을 떴다. 눈꺼풀을 들자 비취색 눈동자에 램프의 빛이 비친다. 어느새 잠이 들었던 모양이다.

몸을 일으켜 방 안을 돌아보자 기다란 의자 위에 엘레인의 여행용 드레스가 놓여 있었다. 잠든 엘레인을 깨우지 않기 위해 전등불을 은은하게 켜고 드레스를 놓아둔 모양이다.

"잘 수선해 두었습니다."

무르쉬드의 검에 베인 부분을, 이음매가 보이지 않도록

정성스레 꿰매 놓았다. 드레스와 함께 코르셋도 놓여 있었는데, 그것 또한 베인 부분이 깔끔하게 꿰매져 있었다. 지저분하던 파니에도 세탁을 했는지 새하얗다.

“구두도 반짝이네요.”

기다란 의자 아래에 놓인 구두를 내려다보았다.

‘바스마가 닦아줬구나.’

조금 전 화를 냈던 일이 미안해졌다.

아슈라프에게 비가 있었다는 사실에 충격을 받아 냉정함을 잃었었다. 한숨 자고 난 지금은 진정이 되어, 자신의 언동에 부끄러움을 느낀다.

“일단 옷을 갈아입을게요…….”

보석이 빛나는, 멋지고 섹시한 드레스를 벗고, 정겹고 수수한 여행용 드레스를 입었다.

준비실의 거울에, 아슈라프의 거짓 비가 되기 이전의 자신의 모습이 비친다. 이것이 그녀의 진정한 모습이다. 샤미아프의 드레스를 입고 있던 때의 일은 얼른 잊어버리자고 결심한다.

엘레인이 옷을 다 갈아입기를 지켜보기라도 한 듯 노크 소리가 들렸다.

“아미르께서 편지를 보내셨습니다.”

“아슈라프에게서 편지?”

수상쩍게 생각하며, 아마나에게 들어오라고 한다.

"정무원에 계신 아미르께 편지를 받았습니다."

편지가 왔다는 것은, 오늘 밤엔 이곳에 돌아오지 않는다는 뜻인가? 당장 인도에 보내달라는 말을 하고 싶었는데. 엘레인은 받침대에 담긴 편지를 집어 든다.

"아라비아어……."

회화는 어려움 없이 가능하지만, 읽는 것은 거의 불가능하다. 아라비아 문자는 읽지 못한다며 고개를 젓자,

"제가 읽어드리겠습니다."

아마나가 낭독을 자처했다.

"네? 그렇지만……."

만약 아슈라프가 편지 속에 가짜 왕비에 대해 언급했다면 곤란하다. 하지만 서둘러 읽지 않으면 안 될 중요한 내용일지도 모른다.

엘레인이 곤혹스러워하자,

"편지에 적힌 내용은 일절 입 밖에 내지 않겠습니다. 안심하세요."

아마나가 엘레인의 머릿속을 들여다본 듯 말한다.

'그래……. 아마나와 바스마, 그리고 하미다에게는 내 사정을 알리는 게 나을지도 몰라.'

그녀들은 아미르의 명령에 충실하게 따르기 때문에, 엘레인의 사정을 알아도 위해를 입힐 일은 없겠다고 생각하며 편지를 건넸다.

“그럼 읽도록 하겠습니다. ‘친애하는 엘레인 해밀턴에게. 짐은 우선 그대에게 사과를 해야 하오.’”

아마나가 등을 곧게 펴고, 건네받은 편지를 읽기 시작한다.

‘내게 사과를?’

친애하는 엘레인 해밀턴에게.

짐은 우선 그대에게 사과를 해야 하오.

왜냐하면, 그대의 목숨을 위험에 빠뜨렸기 때문이오.

짐은, 사실 왕이 될 예정이던 인물이 아니었소.

장남인 사디드가 부왕의 뒤를 이어, 이 나라를 오래도록 통치했어야 했소.

짐은 샤미아프 왕가의 차남으로서, 장래에는 외교 임무를 맡을 예정이었다오.

그래서 그대의 나라인 영국에 유학을 갔던 것이오.

허나, 부왕께서 돌아가시자 부왕의 동생이자 우리 형제의 숙부인 하산이 왕위를 잇겠다고 선언했소.

하산을 지지하는 세력도 등장하여, 왕좌를 둘러싼 다툼이 일어났지요.

일시적으로 국내에 혼란이 일었으나, 형님과 짐은 반대 세

력에 승리했고 숙부는 국외로 추방되었다오.

형님이 즉위하고 나라가 안정되어, 짐은 영국으로 못다 한 유학길에 올랐는데…….

영국에 도착하자마자 형님이 갑작스레 쓰러진 뒤 원인불명의 병으로 급사했다는 소식을 듣게 되었소.

왕궁에 있던 자들 중 몇몇도 비슷한 증상으로 숨을 거두자, 그 원인이 숙부의 저주라는 소문이 돌았다오.

물론 증거는 없었지만, 또다시 나라가 혼란에 빠지려 했기에 짐이 급히 즉위하여 국내의 안정에 힘을 쏟게 되었소.

즉위한 지 일 년. 반대 세력을 배제하고 숨통이 트이게 되어 국내 상황은 안정되었소.

슬슬 주변 제국과도 교류를 해야 했기에, 정보 수집과 휴가를 겸하여 이스탄불에 갔을 때 그대를 만났소.

그대와 대화를 나누며 그리운 영국 유학 시절이 떠올랐소.

인도에서의 새로운 출발을 앞두고 의욕이 넘치던 그대의 태도에서 배울 점도 많았소.

그리고, 영국에서 비를 맞이해도 좋겠다는 생각이 들 정도로 그대는 멋졌소.

그래서…….

그대와 하맘에서 재회했을 때, 그대가 살아남기 위해서는 비가 되는 수밖에 없다는 거짓말을 했소.

"응? 거짓말?"

놀란 목소리의 엘레인에게, 아마나는 알 수 없는 얼굴로 고개를 끄덕였다.

아마나는 부들부들 떠는 엘레인에게 편지를 계속 읽어준다.

그대가 유괴되어 다시 한 번 짐의 곁에 나타난 것은, 신의 뜻이라고 생각했소.

개발도상국인 샤미아프가 외국의 침략을 막고 유럽 제국과 어깨를 나란히 하기 위해서는, 영국 등의 강대국과 단단한 우호관계를 구축할 필요가 있다오.

영국인 비를 맞아들이면 친영(親英)의 증거도 되기 때문에 우호 관계를 맺기 쉽게 되오.

말이 잘 통하며 아름답고 매력적인 그대라면, 의심할 여지 없이 짐과 샤미아프에게 최고의 비가 될 것이 분명했소.

짐은 그러한 이유로 그대를 비로 맞이하기로 결심했소.

허나 그것이 옳지 못하다고는 생각지 않았다오.

그대가 멀리 인도에서 가정교사 일을 하느니, 이곳에서 훨씬 좋은 생활을 할 수 있기 때문이오.

시작은 시늉이었지만, 한동안 함께 있으면 짐에게 마음을 열어주고 정식으로 비가 되어줄 것이라고 생각했소.

허나 그것은, 우리 샤미아프가 평화롭고 안전한 곳이라는 조건하에서의 이야기요.

어제 중정에 있던 뱀이 히젤임을 알았을 때는 큰 충격을 받았소.

그것은 외부에서 들여오지 않는 한 이곳에 존재할 수 없다오.

아마 형님이 급사한 이유도 병이 아니라 히젤 때문일 것이오.

이 왕궁 어딘가에 숙부의 입김이 미치는 자가 있음이 틀림없소.

그러한 위험이 존재하는 곳에, 이 나라와는 상관없는 그대를 머물게 할 수는 없소.

워키드에게 명령하여 당장 국외로 나가 인도든 영국이든 원하는 곳으로 갈 수 있도록 할 것을 준비시켰소.

몸 조심히 출국하시오.

억지로 비로 삼으려 했음을 진심으로 사과하오.

이제 그대와 만날 일은 두 번 다시 없을게요.

그대의 앞날이 행복하기를 빌겠소.

아슈라프 아즈할 샤미아프

"아슈라프는…… 저를 속여서 비로 삼으려 했다는 뜻인가요?"

편지를 다 읽고 조용히 바닥을 보는 아마나에게 깜짝 놀라 질문한다.

"저도 조금 전에 아미르께 설명을 듣고서야 사정을 알았습니다. 어쨌든 출국 준비를 하십시오. 이걸 받으시지요."

아마나가 티 테이블 위에 놓여 있던 받침대를 들어 엘레인에게 내밀었다. 받침대 안에는 웃옷에 꿰매 두었던 돈과, 아슈라프에게 받았던 팔찌 등이 들어 있었다.

"돈만 주세요."

팔찌는 과분하다며 거절했다.

"하지만 이것은 아미르께서 엘레인님께 드린 선물이오니."

"됐어요. 당신에게 드릴게요. 아아, 하지만 이건 받아야겠네요."

엘레인은 여행의 부적이라며 받았던 아슈라프의 검을 들어 가슴주머니에 넣었다.

"그럼 서두르시지요. 비밀 지하 통로를 통해 성 밖에 있는 오두막으로 가서 워키드가 준비해 둔 차량에 오르십시오."

"네? 지금 당장이요?"

밤이 되어 바깥은 어둠에 휩싸여 있었다.

"내일 아침부터 국내의 수상한 자들을 일제히 색출하라는 명령이 떨어졌습니다. 그렇게 되면 한참 뒤에나 국외로 나가실 수 있게 되니, 기회는 지금뿐입니다."

아마나에게 등을 떠밀려, 방에서 회랑으로 나갔다. 그러자 회랑에, 바스마와 하미다가 서 있었다.

"나가시는 겁니까?"

하미다가 아쉽다는 듯 올려다보았다.

"모처럼의 소일거리가, 아니, 아니, 모처럼의 왕비님이."

하미다는, 주의를 주듯 흘겨보는 바스마의 눈빛에 어깨를 움츠렸다.

"아쉽지만 어쩔 수 없지요."

아마나가 눈을 내리깔고 엘레인을 선도하듯 걸어가기 시작한다.

'그렇지만 위험하다고 하니까 어쩔 수 없잖아? 게다가 나는 진짜 왕비도 아닌걸.'

마음속으로 중얼거리며, 바스마와 하미다에게 작은 목소리로 이별을 고한 뒤 아마나의 뒤를 따라간다.

아슈라프와 재회했던 하맘에 다다르자, 아마나는 엘레인이 지났었던 지하도로 이어진 문을 열었다.

그때와는 다른 벽에 문이 달려 있었으며 단단히 잠겨 있었다.

"그럼 가시지요."

아마나는 문 너머의 지하도로 나가는 계단을 먼저 내려간다. 엘레인도 왕궁에 작별을 고하고 계단을 내려갔다.

"저도 아미르가 비참한 과거를 불식하고, 엘레인님과 새롭고 밝은 왕국을 만들어 주시길 기대했습니다."

지하도를 걸으며 아마나가 중얼거린다.

"저는…… 이 나라 사람이 아니라 영국인이에요. 그 점을 이용당할 뿐인 왕비는 되고 싶지 않아요."

"이용……. 그것도 맞는 말씀이네요."

아마나는 잠긴 목소리로 대답한다.

"하지만 이용당해도 좋다고 생각할 정도로 아슈라프를 사랑했다면 실현됐을지도 몰라요."

엘레인은 어둠을 향해 고백했다.

"아미르를 사랑하지 않으시나요?"

앞장서서 걷던 아마나가 돌아보았다. 어둠과 그녀가 들고 있는 램프의 역광 때문에 표정은 보이지 않았지만 안타까워하는 듯한 분위기다.

"아슈라프는 멋진 분이지만, 제 결혼상대로는 걸맞지 않아요."

그에게는 세상을 떠나기는 했지만, 왕자까지 출산한 비가 있었다. 자신이 생활했던 비궁전은 그 사람을 위해 만든 건물이었던 데다 호화로운 내부 장식과 산더미 같던 화려한 드레스, 그리고 장식품을 보면 그가 얼마나 비를 연모했는지 알 수 있었다. 엘레인이 아니라도 영국 여성이라면 누구라도 좋았을 것이다.

'그가 사랑하는 비는 이미 세상에 없으니까…….'

사랑 따위는 제쳐놓은 채, 죽은 왕비와 비슷한 몸과 영국 국적만 있으면 됐다. 아슈라프에게 엘레인은 '그대를 진짜 왕비로 삼을 수 있다면 좋을 텐데' 라고 말할 정도로 마음에 들었던 것뿐이다.

그렇게 생각하자 슬퍼졌다. 하지만 울고 싶지는 않았다. 엘레인이 가짜 왕비임을 엘레인 자신도 아슈라프도 납득하고 있었기에…….

'그래. 그러니까 지금 인도로 가려는 거야.'

입술을 굳게 다문 채 수없이 눈을 깜빡이며 눈물을 삼킨다. 아마나가 든 램프의 빛이 비추는, 칠흑같이 어두운 지하도를 바라봤다.

그 어둠 너머에 새로운 생활이 기다리고 있다. 엘레인은 희망과 기대를 안고 가자고 되뇌었다.

'인도에도 아슈라프 같은 사람이 있을까?'

날렵한 미모에, 밝고 다정하고, 낮게 울려 퍼지는 목소리가 매력적이며, 함께 있으면 행복해지는…….

그렇게 생각하자, 그런 사람은 어디에도 없고 아슈라프

뿐이니 잊어야 된다는 마음이 든다.

'나는…….

아슈라프를 사랑했다.

바자르에서 처음 만났을 때부터 설레었고, 자신은 가짜 왕비임에도 불구하고 그의 음란한 유혹에 쾌락으로 빠져들었으며, 그대로 몇 번이고 휩쓸렸던 건 그만의 매력에 사로잡혔기 때문이다.

이렇듯 그의 곁을 떠나는 것도 목숨의 위험으로부터 도망치는 것이 아니라, 자신은 아슈라프의 둘도 없는 반쪽이 아님을 깨달았기 때문이다. 아무리 사랑받아도 그에게는 죽은 왕비가 첫 번째다. 자신은 언제까지나 두 번째, 혹은 그 이하다. 게다가 영국인이기 때문에 이용당할 뿐, 아슈라프는 사랑하는 척을 하고 있었을 뿐인지도 모른다.

그런 비참한 입장에 처하고 싶지 않았기 때문에, 엘레인은 지금 미궁과도 같은 어두운 지하도를 걷고 있는 것이다.

'안녕, 아슈라프.'

돌아보며, 어둠 저 너머에 있는 왕궁을 향해 작별을 고했다.

8장

엘레인과 아마나는 목적지를 향해 오래도록 지하도를 걸었다. 하지만 나이가 많은 아마나의 발이 제법 느렸기 때문일 뿐, 대단한 거리는 아니었다.

어느 분기점에 다다르자 아마나가 멈춰 섰다.

"이쪽으로 똑바로 걸어가면 계단이 있습니다. 그 계단을 올라가 천장을 밀면 워키드가 있는 오두막이 나옵니다. 저는 여기서 통로를 비추고 있을 테니 발밑을 주의하며 홀로 가시면 됩니다."

아마나는 램프를 들고 계단을 비춘다. 계단까지 램프를 들고 가면 바깥에서 누군가에게 발견될지도 모르기 때문인 모양이다.

"그럼 여기서 당신과도 작별이군요."

"네. 건강하세요. 여행길의 안녕을 빌겠습니다."

"고마워요. 그럼……."

인사를 나누고 아마나와 헤어지려던 그때,

'말소리?'

분기점을 기준으로, 엘레인이 가려던 길과는 다른 방향에서 남자의 말소리가 들렸다.

"……쉿."

아마나가 작은 소리로 말하며 램프를 끈다. 깜깜해져야 할 지하도가 깜깜해지지 않았다. 반대쪽 길 너머에서 빛이 들어오고 있었다.

'역시 누군가 있어.'

혹시 워키드가 기다리고 있는 것은 저쪽인데 아마나가 착각한 것은 아닐까 싶어 엘레인은 걸어갔다. 아마나는 위험하다며 말렸지만 계속 신경이 쓰인다.

다가간 그곳에는 엘레인의 눈높이의 지하도를 향해 가늘고 긴 창이 나 있었고, 그 창 너머에는 방이 있었다. 거기엔 종아리에 천을 두른 수많은 군홧발이 보였다.

"이번에는 잘되겠지? 전에는 다기르를 풀어 마비되면 욕탕에 집어넣고 익사시킬 계획이었는데, 갑자기 침입한 영국 여자가 먼저 물리는 바람에 실패했잖아……."

'영국 여자…….'

들려온 이야기에 놀라 들여다보자, 대기소처럼 생긴 방이 보였다. 남자 몇 명이 테이블을 둘러싸고 술을 마시며 대화하고 있다. 그중에 머리에 보랏빛 터번을 두르고 있는 남자는 낯이 익었다.

'저건 분명 하맘에서 나를 체포하려 했던 무르쉬드야.'

엘레인의 드레스를 벗겨 내고, 코르셋을 찢으려 했던 무례한 소행을 떠올린다.

'아슈라프의 경호를 맡은 무르쉬드가 왜 왕궁에 다기르를 풀어놓는 이야기를 하는 거지?'

"사디드는 제대로 처리했지만, 아슈라프는 운이 좋았어."

무르쉬드의 옆에 있던 남자가 말한다. 사디드는 전왕(前王)이자 아슈라프의 형이다. 그런 사람을 제대로 처리했다는 말에, 엘레인은 고개를 갸웃거린다.

"맞아. 요전번에 정원의 새장에 풀어둔 히젤의 공격도 아직 받지 않은 모양이야."

무르쉬드가 입가를 올리며 말했다.

"정원에서 히젤에게 공격당하기만을 기다리고 있을 거야? 하산님이 왕이 되시려면 서둘러 아슈라프를 제거해야 돼."

"알고 있습니다. 오늘 밤에 하맘에도 풀어놓을 예정입니다. 측근인 워키드가 볼일이 있어 왕궁을 떠나거든요. 요전번과 마찬가지로 제가 경비를 맡았습니다."

'뭐라고?'

"사디드를 죽인 것과 마찬가지로 히젤에 물리면 원인불명의 병으로 처리됩니다. 그렇게 되면 하산님은 당장 샤미아프로 돌아오실 수 있겠지요?"

무르쉬드 일행의 대화를 듣고, 히젤이 정원에 있던 이유와 아슈라프의 목숨을 노리는 자의 정체를 알았다.

"사디드의 비와 함께 왕자도 죽이지 못한 것이 분하군. 그놈만 없었으면 아슈라프가 죽은 뒤 하산님이 즉시 왕위에 오르실 텐데."

"아슈라프의 죽음에 따른 혼란을 틈타, 왕세자도 처리하겠습니다."

무르쉬드는 맡겨달라며 가슴을 친다.

"부탁하네. 우리의 음모라는 게 들키지 않도록 말이야."

"안심하십시오. 일단은 오늘 밤, 희소식을 기다리시죠. 곧 히젤을 풀어둔 하맘으로 아슈라프가 입장할 것입니다."

무르쉬드는 오늘 밤은 예배가 있는 날이므로, 아미르는 이 시간에 반드시 하맘을 이용한다며 웃었다.

'큰일이야!'

깜짝 놀란 엘레인의 뒤에 똑같은 표정을 한 아마나가 서 있었다. 엘레인은 그녀의 팔을 잡아당기며 지하도의 분기점으로 급히 되돌아갔다.

"저는 얼른 하맘으로 가서 아슈라프를 지킬게요."

"엘레인님, 인도에는?"

"아슈라프를 죽게 내버려 두고 인도에 갈 순 없잖아요. 그보다 당신이 워키드에게 가줘요. 그리고 서둘러 왕궁으로 돌아가서 아슈라프가 하맘으로 가지 못하게 경호해 달라고 전해줘요!"

여기서 하맘까지는, 아마나의 발걸음으로는 언제 도착할지 알 수가 없다. 그보다는 바로 근처에 있는 워키드에게 그녀를 보내고, 엘레인이 하맘으로 달려가는 게 낫겠다고 판단했다.

'제발 늦지 않기를!'

아마나에게 받은 램프와 열쇠를 들고 지하도를 달린다. 구불구불하지만 다행히 한 길로 이어져 있었기 때문에 헤맬 일은 없었다.

'비궁전에 있던 여성은 아슈라프의 형님의 비였구나. 나는 대체…….'

영락없이 아슈라프의 비라고, 그녀와 아슈라프와의 사이에 왕자가 있는 거라고 생각했다. 게다가 그것을 질투하여 그의 곁을 떠나려 했다.

왕궁으로 돌아가면 아슈라프의 편지에 쓰여 있던 대로 자신의 목숨이 위험해질지도 모른다. 하지만 그런 공포보다도 아슈라프의 목숨을 지키는 일이 더 중요했다. 그리고 자신의 마음과, 샤미아프를 강하고 멋진 나라로 만들고 싶다는 그의 바람을 곁에서 돕고 싶다는 사실을 아슈라프에게 전하고 싶다.

"왜냐하면 나는…… 아슈라프를 사랑하니까."

분명하게 말로 표현하니 눈물이 나온다. 하지만 이번에는 그냥 울기로 했다.

'히젤에게 당하지 말아요, 당신을 사랑해요. 살아줘요!'

마음속으로 외치고는 눈물을 흘리며 달린다.

천천히 걸어갔기 때문에 긴 거리가 아닐 줄 알았는데 그렇지도 않았다.

"하아, 하아, 하아, 하아, 아, 아직 멀었나?"

숨이 찬다.

땀 때문에 드레스 속의 파니에가 다리에 휘감겨 달리기가 어려웠다. 지쳐서 멈추고 싶지만 아슈라프에게 위험이 닥치고 있다고 생각하면 그럴 수가 없다.

"얼른 가야 해…….

아슈라프를 히젤로부터 지키고, 그에게 진심을 전해야 한다며 비틀비틀 앞으로 나아간다.

이윽고 하맘의 문이 보였을 때는, 엘레인은 완전히 녹초가 되어 있었다.

'밝다…….'

문틈으로 새어나오는 빛이 눈부시다. 조금 전 아마나와 그곳을 지났을 때는 비상용 램프 몇 개가 밝혀져 있을 뿐이었다. 저만큼의 빛이 새어나온다는 것은 메인 샹들리에에 불이 밝혀졌다는 뜻이다.

그렇다면 아슈라프가 하맘을 사용하기 직전, 혹은 이미 사용 중임이 틀림없다.

"아슈라프!"

열쇠를 돌려 기세 좋게 문을 연다.

"읍!"

하맘 안에서 후끈한 수증기가 엘레인을 덮친다. 수증기 때문에 눈앞이 새하얗다.

'아슈라프는 어디 있지? 히젤은?'

둘러보지만, 물을 데우기 시작한 하맘에는 짙은 수증기가 머물러 있다. 아슈라프는커녕 한 치 앞도 보이지 않는다.

"어디지? 아슈라프!"

큰소리로 부르지만, 욕조로 떨어지는 물소리에 묻혀 사라진다.

"그 목소리는, 엘레인이오?"

욕조 중앙에서 아슈라프의 목소리가 들렸다.

"네. 맞아요, 저예요!"

"왜 이곳에? 인도로 출발하지 않았소?"

의아해하는 듯한 목소리가 물소리와 함께 가까워진다. 욕조 안을 걷고 있는 모양이다.

"제가 오해를 하는 바람에……. 그, 그보다 여기 있으면 위험해요! 무르쉬드가 하맘에 히젤을 풀어 당신을 죽이려 하고 있어요!"

"무르쉬드가?"

"지하도에서 알게 됐어요. 무르쉬드는 당신의 숙부 측 인간이었어요. 그는 워키드가 이곳을 경호하지 않는 날을 노려 히젤을 풀어 당신을 암살한다고 말했어요."

쏴 하는 물소리와 함께 욕조를 나온 아슈라프의 모습이 희미하게 보였다.

"그 말인즉, 이곳에 히젤이 있다는 소리요?"

그가 대리석 바닥을 걸어 엘레인에게 다가온다.

"꺄……."

당연한 얘기지만, 아슈라프는 허리에 천 한 장만을 두르고 있었다. 엘레인의 눈에 그 모습이 분명하게 보이자 무심결에 얼굴을 돌리고 만다. 그러자 얼굴을 돌린 시선 끝에, 다기르와 닮은 흑백 줄무늬에 초록색의 두 줄이 들어간 뱀이 바닥을 기는 모습이 보였다.

"히, 히젤……."

뱀은 두 사람을 향해 다가온다. 대가리를 쳐들고 맹독이 든 송곳니를 가진 입을 벌린 채, 두 사람을 노리는 모습이 정확히 보였다.

"엘레인, 이쪽으로 오시오. 짐의 뒤에 숨으시오."

아슈라프가 손을 뻗어주었다.

"하, 하지만, 우…… 움직일 수가 없어요."

공포로 다리가 굳어버렸다. 무시무시한 맹독을 가진 히젤을 응시하며 벌벌 떨고 있을 뿐이다.

이변을 알아챘는지, 히젤의 움직임이 빨라졌다.

"위험하오!"

아슈라프는 날아들듯 다가와 엘레인의 몸을 끌어안는다. 그대로 히젤을 피하듯 빙글 돌아 욕조로 뛰어들었다.

첨벙! 커다란 물소리와 함께 물속에 두 사람의 몸이 잠긴다.

"어푸, 어푸푸푸."

그다지 깊지는 않았지만 갑작스러운 일이었기에 물을 먹었다. 콜록콜록 기침을 하며 얼굴을 든다.

"미안하오. 괜찮소? 이 방법밖에 떠오르질 않아서."

"괘, 괜찮아요. 그보다 히젤은요?"

"걱정 마시오. 저건 사막의 뱀이니 물을 싫어할…… 터인데……."

아슈라프가 히젤 쪽을 바라보며 할 말을 잃었다.

"혹시…… 들어오려는 건가요?"

돌아본 엘레인의 눈에도 뱀이 대가리를 물에 넣으려는

모습이 보였다.

"밖에 누구 없느냐?"

아슈라프가 경호원을 부른다. 하지만 아무도 나타나지 않는다.

"오늘 밤 경호 담당은 무르쉬드니 이곳에 없을지도 몰라요."

히젤을 풀어놓은 뒤, 아슈라프가 하맘에서 나올 시간까지 대기소에서 시간을 때 울 속셈인지도 모른다고 알렸다.

"야단났군. 일단 안쪽으로 들어갑시다."

아슈라프가 엘레인의 팔을 끌며 욕조 한가운데로 걸어간다.

"꺅, 정말로 들어오고 있어요!"

걸어가며 얼굴을 뒤로 돌려 히젤을 바라본 엘레인이 아슈라프에게 고한다.

"서두르시오. 저 너머로 올라가면 출구가 나온다오."

첨벙첨벙 물소리를 내며 달리는 속도를 높였다.

하지만 엘레인의 여행용 천 드레스 속에 입은 파니에가 물에 젖어 엄청나게 무거워지며 발목을 잡는다.

'생각처럼 움직일 수가 없어.'

아슈라프에게 손을 잡아끌리는 팔만 늘어날 뿐 속도는 느릿느릿하다.

'이래서는 출구에 도착하기 전에 따라잡히고 말 거야.'

히젤은 물속에 들어와 곡선을 그리며 헤엄치기 시작한다. 속도는 느리지만 두 사람 쪽으로 착실하게 접근하고 있다.

"어쩌죠……?"

"도망치는 건 무리인가……?"

아슈라프가 한숨을 쉰다.

"아니요. 아슈라프 혼자서라면 도망칠 수 있어요."

아무것도 걸치지 않은 그의 기다란 다리라면, 히젤이 따라잡기 전에 출구에 다다를 수 있을 것이다.

"그대를 두고 도망칠 수는 없소."

아슈라프가 물속을 걸으며 고개를 젓는다.

"안 돼요! 당신은 이 나라의 왕이고, 국민들에게 소중한 존재예요. 비열한 수단으로 왕위를 노리는 하산 같은 자에게 왕위를 빼앗길 수는 없어요."

"허나, 비를 방패 삼아 도망치려는 자를 왕이라고 할 수는 없소. 게다가 그대의 목숨은 내게 더할 나위 없이 소중한 것이오."

"저 역시 사랑하는 당신을 잃고 싶지 않아요. 그래서 돌아온 거예요. 아, 맞다. 이 웃옷을 휘둘러 쫓아내면……."

엘레인은 웃옷의 단추를 풀며, 재차 아슈라프에게 도망치라고 말한다.

"그런 무모한 짓은 하면 안 되오. 위험하니 이쪽으로 오시오."

아슈라프는 옷을 벗으려는 엘레인의 팔을 당겼다. 그때,

"그것은……?"

엘레인의 웃옷 안주머니를 본 아슈라프가 눈을 동그랗게 뜬다.

"아, 이건 당신에게 받은 검이에요! 바자르에서 여행의 안녕을 빌며……."

끝까지 말하기도 전에, 아슈라프는 안주머니에서 재빨리 검을 빼낸다.

"이제 살았소."

화려한 장식의 칼집에서 검을 빼내어 히젤을 향해 겨누었다.

"이 검은 우리에게 최고의 부적이었군."

코앞까지 접근한 히젤을 향해 번쩍 쳐든다.

"왔어요!"

"안심하시오."

눈으로 좇을 수도 없을 정도의 빠른 속도로 물속에 검을 내리쳤다.

첨벙하는 물소리와 함께 물보라가 인다.

"명중했소!"

아슈라프가 자랑스럽게 검을 들자, 대가리에 날카로운 검이 꽂힌 히젤이 나타났다.

그와 거의 동시에,

"아미르!"

엘레인이 들어온, 지하도로 통하는 문이 열리며 워키드가 달려왔다. 그의 뒤에는 경호병으로 보이는 자들도 있다.

"아마나에게 듣고 왔습니다. 다친 곳은 없으십니까?"

워키드가 욕조 끝으로 다가와 무릎을 꿇고 아슈라프에게 묻는다.

"괜찮다. 비가 지니고 있던 검 덕분에 살았다."

아슈라프가 히젤이 꽂힌 검을 대리석 바닥에 스윽 던졌다. 순간 경호병들은 깜짝 놀라 소리쳤지만, 검이 머리를 관통한 것을 확인한 뒤 일제히 히젤을 둘러싼다.

히젤은 아직 죽지는 않은 채 온몸을 배배 꼬고 있었다. 하지만 사람을 덮칠 정도의 힘은 없는지 점점 움직임이 둔해진다.

"무르쉬드 일당을 잡아오라 명령했습니다."

그런 녀석에게 이곳의 경호를 맡겼다는 사실이 분한 듯 워키드는 주먹을 불끈 쥐며 보고했다.

"이제 히젤로 형님과 그 비를 살해한 경위를 알 수 있겠군."

아슈라프가 고개를 끄덕이며 말한다.

"하산 측의 관계자를 전부 조사하겠습니다."

워키드가 맡겨달라며 대답했다.

"부탁하네. 이제 드디어 숙부의 건이 해결되겠군."

아슈라프는 안도의 미소를 지었다.

"사, 살았네요……."

"살았소. 그리고 이제 샤미아프에도 진정한 평화가 찾아오겠지요."

"아아, 다행이에요……."

안도와 함께 손발의 힘이 풀린다.

"이런."

물에 빠질 뻔한 엘레인을 아슈라프가 안아 든다.

"정신을 잃지 마시오. 그대에게 긴히 할 말이 있다오."

9장

"중요한 이야기를, 여기서 이런 차림으로 하실 건가요?"

하맘의 신성한 대리석대 위에서, 엘레인은 마주 앉은 아슈라프에게 질문한다.

사건이 종식됐을 무렵 하맘에 나타난 아마나와 준비실로 가서 홀딱 젖은 옷을 갈아입고 커다란 천으로 몸을 감쌌다. 그리고 그 모습 그대로, 할 이야기가 있다는 아슈라프에게 끌려온 것이다.

아마나와 워키드 일행은 붙잡은 히젤과 함께 밖으로 나갔기 때문에 현재 하맘에는 아슈라프와 엘레인밖에 없다. 물론 하맘 밖에는 경호병이 지키고 있고, 지하도로 이어지는 문은 단단히 잠겨 있다.

"히젤이 다가왔을 때, 그대가 왜 이곳으로 돌아왔는지 이야기했던 내용을 다시 한 번 듣고 싶소."

아슈라프는 엘레인을 똑바로 바라보며 말했다.

"왜냐니요. 당신에게 위험이 닥쳤기 때문이지요."

"짐에게 위험이 닥친대도 그대는 인도로 갈 것이니 상관없지 않소?"

"상관있어요! 왜냐하면 저는, 당신을 좋아하는걸요."

살짝 얼굴을 붉히며 엘레인이 말했다.

"아까는 그렇게 말하지 않았소."

"네?"

"돌아온 이유를 다르게 말했다오."

"그, 그랬던가요……?"

"사랑하는 당신을 잃고 싶지 않아요. 그래서 돌아온 거예요. 그렇게 들렸는데, 아니오?"

아슈라프의 말에, 조금 전 힘차게 외쳤던 말이 머릿속에 되살아난다.

"저는……. 맞아요. 저는 아슈라프, 당신을 사랑해요. 바자르에서 다정하고 멋진 당신에게 한눈에 반했어요. 그리고 이곳에서는, 제 이야기에 귀 기울여 주고, 앞을 똑바로 바라보며 좋은 왕이 되려 하는 당신에게 사랑받고 싶었어요."

엘레인은 큰맘 먹고 지금까지 생각했던 말을 모두 털어놨다.

"짐이 아니라, 인도에서 가정교사가 되는 길을 선택한 게 아니었소?"

"그건…… 왕인 당신에게는 후궁이 있고 많은 비가 있을 테니, 저의 영원한 반려자는 아니라고 생각했기 때문이에요."

아내로서 자신만을 사랑해 주지 않는 것은 싫다고 말했다.

"짐의 후궁에는 비 같은 것은 없다는 말을 아마나에게 들었을 텐데?"

"네……. 들었어요. 하지만 당신에게는 저 말고도 사랑하는 사람이 있는 줄 알았어요……."

"그대 말고? 짐의 왕궁에 있는 시녀는 모두 나이가 들어, 비가 아니라 어머님이나 할머님에 가까운 감정으로 사랑하고는 있소만."

"그게 아니에요. 그…… 전왕의 돌아가신 왕비님이 아슈라프의 비라고 생각해서, 후궁의 왕자님도 당신의 아들이라고……. 진정 사랑하는 건 돌아가신 왕비님과 남은 왕자님이며, 저는 영국인 왕비로서 이용할 뿐이라는 생각에 괴로웠어요."

그래서 여길 나가려 했다고 대답했다.

"그렇군. 그런 이유였군……."

아슈라프가 고개를 끄덕였다.

"그럼 그대만을 비로서 사랑한다면, 인도에 가지 않고 짐의 비가 되어 이곳에 머물러 주겠소?"

"저, 저만을요? 정말이세요?"

"그렇소. 평생 그대만을 사랑하겠다고 맹세하오. 물론 그대가 위험에 빠지지 않도록 온 힘을 다해 지킬 것이며, 불편함이 없게 하겠소."

"아슈라프……."

"부디 짐의 프러포즈에 응해주겠소?"

아슈라프는 엘레인의 손을 잡고 진지한 눈빛을 보냈다.

"당신의 단 하나뿐인 여성이 될 수 있다니 행복해요."

엘레인이 뺨을 붉히며 고개를 끄덕이자, 환한 미소를 짓는 아슈라프의 얼굴이 가까워진다.

"고맙소. 사랑하오."

엘레인의 입술에 키스했다.

"으…… 음."

그대로 서서히 대리석대에 몸을 누인다.

"그대를 진짜 비로 맞는 의식을 거행하고 싶소."

아슈라프는 입술을 뗀 뒤, 다급한 표정으로 말한다.

"진짜 비요?"

"그렇소. 틀림없는 짐의 비로 맞이하기 위해, 짐의 열기를 그대에게 보내는 의식이라오. 마침 지금이 예배 시간이니, 신께서도 인정해 주실 것이오."

아슈라프가 입에 올린 내용을 상상하자 엘레인의 얼굴이 새빨개진다. 하지만 아슈라프에게 안기고, 그와 하나가 되고 싶다는 욕구가 거셌기 때문에,

"네. 좋아요."

날렵한 미모로 미소 짓는 아슈라프를 향해, 엘레인은 고개를 끄덕였다.

종장

수증기가 자욱한 하맘 안에 엘레인의 신음이 울려 퍼진다.

하맘과 붙어 있는 시녀의 방에서는,

"이제 엘레인님께서 진짜 왕비님이 되시는 거네?"

살짝 열린 문틈으로 엿보던 바스마가 거대한 몸을 흔들며 중얼거렸다.

"소리만 들리지 아무것도 안 보여."

하미다가 한숨을 쉰다.

"추잡하게 엿보다니. 그만둬요."

성실한 아마나가 두 사람을 질책한다.

"그렇지만. 두 분께서 잘되시는 게 가장 중요하겠지?"

"그래, 맞아. 이제 뒤를 이을 왕자님께서 태어나시면 만만세야."

두 사람이 아마나에게 말한다.

"그야 뭐, 맞는 말이에요. 이제 후계자께서 탄생하신다면, 아시르 하미드 왕세자 전하께서 이미 돌아가셨다는 사실도 공표할 수 있으니까요."

무거운 짐을 내려놓은 듯 안도한 표정으로 말했다.

아슈라프는 자신에게 무슨 일이 생긴다 해도 차기 왕은 하산이 아니라는 사실을 알리기 위해, 전 왕비와 함께 왕자도 숨을 거두었다는 사실을 숨기고 왕세자의 것이라는 이름 아래 후궁을 지은 것이다.

"완벽하게 위장하기 위해 후궁으로 보낼 여성을 외국에서까지 모았잖아."

바스마도 고개를 끄덕인다.

"그 후궁녀들은 장래에 엘레인님께서 출산하실 왕자님이나 공주님의 교육을 담당하게 될 테니, 자격 미달 인원이 생기지 않도록 우리가 지금부터 확실히 교육합시다."

아마나가 고개를 끄덕이며 바스마와 하미다에게 말한다.

"바빠지겠네. 얼마 전까지는 한가해 죽는 줄 알았는데, 되살아난 기분이야."

바스마는 밝은 표정으로 커다란 몸을 부르르 흔든다.

"그러게 말이야. 오래 살았지만 슬픈 일이 더 많아서 우울했는데, 기력을 되찾았어."

하미다는 쭈글쭈글한 손으로 주먹을 움켜쥔다.

"저도 지금보다 더 힘내겠어요."

아마나가 가슴을 폈다.

"쉿! 조용히 해! 시간이 다 됐어!"

하미다의 목소리에 아마나와 바스마가 문틈으로 돌진한다.

"어머, 너도 엿보려고?"

하미다가 아마나를 흥미롭게 쳐다보았다.

"물론이죠. 미래의 아미르가 생길지도 모르는데."

"수증기 때문에 목소리만 들리는 게 안타까워."

바스마가 시선을 집중하며 말했다.

입술에 닿은 키스로 시작된 아슈라프의 애무는, 엘레인의 온몸에 다다랐다. 발끝까지 정성스레 입을 맞춘 그는,

"이게 마지막이오."

그렇게 말하며, 엘레인의 양 무릎을 열고 비부에 얼굴을 묻는다.

"아아, 그, 그곳은, 부끄러워요……."

새빨간 얼굴로 호소하지만,

"예뻐서 견딜 수가 없소"

꽃술에 쪽 하고 입을 맞춘다.

"하아, 뜨거워요……."

움찔움찔 몸에 경련이 일어났다.

"민감하구려."

아슈라프가 기쁜 표정으로 꽃잎을 핥자, 찌릿한 쾌감의 열기가 발생한다. 꿈틀대듯 꿀이 배어 나왔고,

"이제 충분히 젖었구려."

혀끝에서 물소리가 날 정도로 핥아댔다.

"앗, 이, 이제 싫어요."

엘레인이 부끄럽다고 호소하며 몸부림친다.

"맛있어서 멈출 수가 없소."

아슈라프는 가볍게 빨아들이며, 집요하게 꽃술을 핥아댔다. 어느새 손가락도 집어넣넣어져, 그 손가락의 움직임에 맞춰 머릿속이 음란한 열기로 쿵쾅쿵쾅 맥박 친다.

"후, 으읏, 이제, 그만, 녹아버릴 것 같…… 아요."

엘레인이 아슈라프의 탐스러운 머리카락을 쥐고 호소했다.

"아아, 잠깐, 아직 멀었소."

아슈라프가 황급히 몸을 일으켜, 엘레인의 양쪽 뒷무릎에 손을 넣고 들어 올린다.

"꺅."

의식의 대 위에 드리워진 화려한 샹들리에의 빛에 엘레인의 비부가 훤히 드러났다.

"아름답소. 이곳에 짐이 들어갈 날이 오다니 꿈만 같소."

아슈라프는 감탄하며 자신의 그곳으로 꽃잎을 천천히 연다.

"아…… 악, 크, 크으으……."

음란한 행위를 많이 해왔지만, 아슈라프를 받아들인 것은 처음이다.

그것은 상상했던 것보다 훨씬 두꺼워서 힘겨웠다.

"괴롭소?"

그가 서서히 안으로 집어넣으며 물었다.

"읔, 괴로워요……. 하지만 괜찮아요."

강렬한 압박감에 휩싸였지만, 상상 이상의 행복감이 느껴졌다.

"아슈라프……."

손을 뻗어 아슈라프의 목을 끌어안는다.

"음."

그도 대답하듯 꽉 끌어안는다.

"아읏!"

아슈라프가 강하게 밀려 들어오자, 엘레인은 강한 압박과 통증에 휩싸였다.

하지만 안쪽이 축축하게 젖어서 있어서인지 점점 익숙해

진다.

"그대의 안은 무척 따뜻하다오."

깊숙한 곳까지 들어간 아슈라프가 천천히 움직이기 시작했다. 그는 민감한 부분을 노리며 허리를 흔든다.

금세 허리뼈에서 저릿저릿 관능적인 열기가 발생했고, 그것은 곧 쾌감이 되어 엘레인의 온몸에 전해진다.

"아아아아…… 저는, 노, 녹아버리겠…… 어요."

그가 안쪽을 문지르자, 뜨겁고 음란한 쾌감이 끝없이 넘쳐난다.

"아아, 짐도 녹아버릴 것 같소."

엘레인의 몸속을 채운 아슈라프가 점점 커진다.

"하읏!"

한층 더 강력해진 쾌감에 몸을 뒤로 젖히며 신음했다.

"히……익, 이제, 그만……. 저, 정말로, 녹아버려……요."

"좋소. 함께 녹아버립시다."

움직임은 빠르고 깊어진다.

맥박 소리는 귀에 거슬릴 만큼 쿵쿵댔고, 쾌감에 지배당한 온몸이 떨렸다.

"아슈라프!"

그의 이름을 부르며 와락 끌어안는다.

쾌감의 정점에 다다른 엘레인의 귀에,

“사랑하오, 엘레인. 이제 절대로 놓치지 않겠소. 그대는 짐의 하나뿐인 비라오.”

그녀를 거세게 끌어안은 아슈라프의 목소리가 들렸다.

“저도 당신뿐이에요!”

고백한 순간, 몸속에 뜨거운 비말이 느껴진다.

“이제 그대는 짐의 진정한 비가 되었소.”

새하얘진 의식 속에서 아슈라프의 목소리만이 메아리쳤다.

“네. 사랑해요.”

앞으로는 온 힘을 다해 아슈라프를 사랑하겠노라, 엘레인은 행복한 절정을 느끼며 결심했다.

『하렘 로맨스~미궁전에 유괴된 신부~』 끝

작가 후기

안녕하세요, 시미즈 미나토입니다. 이 책을 구입해 주셔서 감사합니다.

이 이야기는, 제1차 세계대전 얼마 뒤인 1920년경에, 과거에는 유복했던 집안의 딸이었던 여주인공이 인도에 가던 도중 바자르에서 미청년과 만나면서 시작됩니다.

그때 만난 미청년은, 사실 어느 나라의 ○이지요…….

유괴와 음모, 질투와 오해 속에 살해의 위기를 겪는 등 여주인공이 험한 꼴을 당하기도 하지만, 잘난 꽃미남에게 야하고 달콤하게 사랑받는 모습을 즐길 수 있는 이야기입니다.

이 시대의 사막에서는 석유 관련 거래가 본격적으로 시작되지 않았기 때문에, 부(富)의 대부분은 교역으로 축적했습니다.

동서교역은 예부터 번성했고, 사막과 대륙을 이동하는 주요 수단은 도보나 말이었기 때문에 석유가 없어도 막대한 부를 얻을 수 있었다고 합니다.

예나 지금이나 아랍의 왕은 대단하군요!

물론 무대가 된 곳은 가공의 왕궁입니다. 사막 한가운데 떡하니 나타난 오아시스를 중심으로 한 풍요로운 왕국에 아름다운 왕궁과 활기찬 거리가 있습니다.

아라비안나이트에 등장하는 것처럼 이국적인 정서로 충만하고 호화 현란한 궁전에서, 드레스의 나라에서 온 여주인공이 멋진 영웅과 로맨틱하고 야하게(이것이 중요 포인트!) 맺어지는 이야기를 목표로 했습니다.

첫머리에 등장한 바자르에서의 만남과 애정행각은, 이 이야기를 생각했을 때 가장 먼저 떠오른 장면입니다. 정체불명의 미청년, 하지만 왠지 유복해 보이는 데다 신사적인 남성과 이국적인 바자르에서 만나면 좋겠다 싶었죠……(하아).

무리한 설정도 있고, 이건 아니다 싶은 부분도 있을지 모릅니다. 아니, 분명 있을 겁니다. 하지만 그 점은 눈 감아주시어(이것도 중요 포인트!), 비행기도 스마트폰도 없던 옛

날 그 시대 화려한 아라비안나이트의 세계를 즐겨주시면 감사하겠습니다.

일러스트를 담당해 주신 아마노 치기리 선생님. 두 사람을 미려하게 그려주셔서 감사합니다.

표지 초안을 받았을 때, 선물 받은 고급 멜론을 먹고 있었습니다. 그때 '오오, 초안이 왔다~' 며 메일을 열었는데, 컴퓨터 화면을 가득 채운 로맨틱한 그림!

한동안 멜론을 먹는 것도 잊고 멍하니 바라보고 말았습니다. 멜론보다 훨씬 더 맛있다고 생각할 정도로, 두 사람이 그려진 표지 초안은 훌륭했습니다.

본문 삽화도 드라마틱하게 그려주셨습니다. 만남은 싱그럽게. 급박한 장면에서는 긴장감 넘치게. 야한 장면에서는 무심코 얼굴을 들이대 버릴 정도로 하악하악하게. 애정행각을 하는 장면에서는 부러움에 쳇 하고 삐죽거리고 싶을 정도로 열렬하게!

독자 여러분께서도 즐겨주셨으면 좋겠습니다. 정말 감사합니다.

담당 편집자님. 이번에도 여러 가지로 폐를 끼쳐 죄송합니다.

다음에야말로 완벽을 목표로 노력하겠습니다. 어찌 됐든, 이 이야기를 쓸 수 있게 해주셔서 감사합니다. 거듭 감사드립니다.

그리고 무엇보다, 읽어주신 독자 여러분. 대단히 감사합니다.

이 이야기는 예전부터 쓰고 싶었지만, 한동안 머릿속에만 들어 있었습니다. 그것을 꺼내어 이렇듯 읽어주신 여러분이 계심에 감사와 감격을 느낍니다.

앞으로도 환상적인 세계를 무대로, 로맨틱하고 에로틱한 이야기를 쓰고 싶습니다.

끊임없는 성원을 부탁합니다.

시미즈 미나토

역자 후기

여러분은 운명을 믿으시나요? 백마 탄 왕자님과의 운명적인 사랑은 허상에 지나지 않는다고 생각하시나요? 여기, 운명적인 사랑을 이룬 여인이 있습니다. 그 시작은 거대한 바자르를 무대로 펼쳐집니다.

시작부터 이국적인 분위기가 물씬 풍기는 작품입니다. 거대한 바자르를 둘러보던 엘레인은 우연히 미청년을 만나게 되지요. 그리고 이 우연은 후에 운명으로 발전합니다.

괴한에게 납치되어 꼼짝 없이 왕세자의 하렘으로 팔려간 엘레인은, 이곳을 빠져나가야겠다는 일념하에 도주를 시도합니다. 하지만 미로처럼 얽힌 지하 통로에서 헤매던 그녀가 우연히 빠져나간 문은…….

이렇게 엘레인은 운명과 마주하게 됩니다.

서로의 마음을 제대로 표현하지 못하는 두 사람을 바라보며, 괜스레 애태우며 발을 동동 구른 분이 계실지도 모르겠습니다. 네, 제가 그랬습니다. 아버지를 아버지라 부르지 못하는 홍길동처럼, 사랑한다는 그 한 마디를 솔직하게 하지 못하는 두 사람이 안타깝기도, 또 한 편으로는 귀엽기도 하더군요. 사랑에는 정답이 없다는 말을 실감했습니다.

자, 두 사람의 운명적 사랑은 어떻게 결말이 났을까요?

이 작품에서 빼놓을 수 없는 또 하나의 재미는 농후한 '그' 장면이겠지요? 특히 목욕탕에서 의식을 치르는 장면에서는 색다른 뜨거움을 느낄 수 있었습니다. 쓰나미처럼 단번에 몰아치는 강렬함이 아닌, 잔잔한 파도가 서서히 밀려오며 제 마음을 일렁이게 만들었답니다. 여러분도 저와 같은 색다른 뜨거움을 맛볼 수 있으셨으면 좋겠습니다.

하렘과 유괴 등의 다소 무거운 소재가 포함되어 있음에도 불구하고 전체적으로 달달한 느낌의 작품이었습니다. 여러분께 그야말로 '메르헨'을 선사할 작품이라고 감히 자부해 봅니다. 엘레인, 그리고 아슈라프가 선사하는 로맨스에 푹 빠져보시기 바랍니다.

조민경